卷三

一先

［一］明州本、毛鈔「姍」字作「姗」，注同。龐鴻書校、黄國瑾校、錢恂校同。姚校：「宋本作『姗』。」

［二］方校：「案：『婆娑』譌『婆婆』，據司馬相如《子虚賦》郭注正。」按：明州本、潭州本、金州本、毛鈔錢鈔注下「婆」字正作「娑」。衛校、龐校、黄校、錢校同。姚校：「宋本下『婆』字正作『娑』。吕云：『下婆字宜作娑。』」

［三］明州本、錢鈔注「田」字作「四」。黄校同。誤。潭州本、金州本、毛鈔作「田」。

［四］明州本、金州本、毛鈔、錢鈔注「埅」字作「望」。龐校、黄校、錢校同。姚校：「宋本『埅』作『望』。从月、壬。韓校同。」

［五］陳校「撫」作「撫」。方校：「案：『撫』譌从手，據《類篇》正。」

［六］方校：「案：《方言》二『忓』作『妍』。注：『一本作忓。』」

［七］段校：「宜作『帑』。」陳校、陸校、黄校同。方校：「案：『帑』當作『帑』。《廣雅・釋器上》：『𥦗𥦗謂之幞。帞頭、帑，幧頭也。』此失其讀。」

［八］明州本、潭州本、金州本、毛鈔、錢鈔注「瞑」字作「瞑」。龐校同。

［九］方校：「案：『紙』譌『帋』，據《類篇》正。」

［一〇］方校：「案：《類篇》同。《説文》『韉』作『韉』，『被』作『鞁』，係鼎臣新坿字。」

［一一］方校：「案：『毛』譌从羊，據《類篇》正。」

［一二］衛校：「《詩》作『菁菁』。」方校：「案：《毛詩》作『菁』。《文選・東都賦》《靈臺詩》注引《韓詩》作『蓁』。」

［一三］明州本、毛鈔、錢鈔注「淺淺」作「濺濺」。韓校、龐校、黄校、錢校同。姚校：「宋本『淺』作『濺』。」方校：「案：『濺濺』

譌『淺淺』，據《類篇》正。」

［一四］方校：「案：《易・賁卦》釋文引馬作『委積』，此本黄注。」

［一五］方校：「案：《廣雅・釋詁三》『攱』从支，《類篇》同。此从支，誤。」按：明州本、錢鈔注「攱」字作「鼓」。龐校、黄校、錢校同。姚校：「宋本『攱』作『鼓』。亦誤。」

［一六］明州本、錢鈔「灊」字作「灊」，注同。龐校、黄校、錢校同。姚校：「宋本均作『灊』。與《類篇》同。」

［一七］明州本、潭州本、金州本、毛鈔、錢鈔注「籛」字作「籛」。龐校、黄校、錢校同。姚校：「宋本作『籛』。與大字同。」

［一八］明州本、毛鈔、錢鈔注「莿」字作「前」。黄校同。

［一九］方校：「案：籀文當从《説文》作『𠥙』。」

［二〇］方校：「案：《方言》五：『甂謂之盎，自關而西或謂之瓫，或謂之盎，其小者謂之升，甌甂自關而西謂之甂，其大者謂之甌。』是甂非小瓫盎明甚，此與《類篇》同誤。」按：方氏所據《方言》爲盧文弨校本，此條盧校多誤，不可爲據。《方言》此條當爲：「甇甂謂之盎，自關而西或謂之瓫，或謂之盎，其小者謂之升甌。甂，陳魏宋楚之間謂之題，自關而西謂之甂，其大者謂之甌。」

［二一］陳校：「猵，《廣韻》入《仙韻》，音鞭。」按：本書《僊韻》卑連切未收此字。

［二二］方校：「案：卷五《中山經》『類葵』作『葵狀』。」

［二三］明州本、毛鈔、錢鈔「顰」字作「顰」。陳校、龐校、黄校、錢校同。方校：「案：『顰』譌『顰』，後民堅切又譌『顰』，據宋本及《類篇》正。」姚校：「宋本『顰』作『顰』。韓校作『顰』。」

［二四］明州本、潭州本、金州本、毛鈔、錢鈔注「椸」字作「拖」。陳校、龐校、黄校、錢校同。方校：「案：『拖』譌作『椸』，據宋本及大徐本正。段氏从小徐本作『拕』。」姚校：「宋本作『拖』。韓校同。許云：『拖左作扌，从手。』」

［二五］明州本、錢鈔注「通」字作「或」。龐校、黄校同。

［二六］陳校：「『瑸』當作『蠙』。《類篇》亦从王。」按：明州本、錢鈔注「瑸」字作「蠙」。龐校、黄校、錢校同。姚校：「宋本

『瓊』作『蠙』。」《説文·玉部》「玭」篆注正作「蠙」。前《眞韻》毗賓切亦作「蠙」。

[二七] 方校：「案：『白』譌『曰』，據《廣雅·釋艸》正。」按：明州本、錢鈔注「曰」字正作「白」。龐校、黄校、錢校同。姚校：「宋本『曰』作『白』。」

[二八] 明州本、錢鈔注「方」字作「万」。黄校同。誤。按：潭州本、金州本、毛鈔作「方」，與《説文》合。

[二九] 方校：「案：《左·昭廿五年傳》作『楄柎藉幹』，陸書無異文。」

[三〇] 前《脂韻》篇夷切「踋」字注作「鍾形下廣也」。疑此上有脱文。

[三一] 方校：「案：《説文》作『瞑』，當以『瞑』爲正。」

[三二] 陳校：「『矏矏』，《説文》作『宀宀』，《廣韻》又入《仙韻》。」董校：「按，《説文》作『宀宀』。」方校：「案：『矏矏』，二徐本竝作『宀宀』，段氏校本同。」姚校：「余曰：『按：《説文》矏矏作宀宀。』韓校同。」

[三三] 方校：「案：《説文》『𦤎』隸作『𦤎』，中『𠃊』上不加點。」按：明州本、錢鈔从「宀」，無點。

[三四] 明州本、錢鈔「醫」字作「醫」。陸校、龐校、黄校、錢校同。毛鈔作「醫」。姚校：「宋本作『醫』。」韓校作『醫』。影宋本作『醫』，是。」

[三五] 明州本、毛鈔、錢鈔注「染」字作「染」。龐校、黄校同。

[三六] 明州本、毛鈔、錢鈔注「惑」字作「或」。黄校同。此爲《莊子·則陽》釋文引司馬彪説，司馬作「惑」。

[三七] 方校：「案：『聯』當作『聯』。《類篇》从絲，亦通。」按：明州本、潭州本、金州本、毛鈔、錢鈔注「聯」字作「聯」，與《類篇》同。

[三八] 方校：「案：字从皃得聲，《類篇》作『皃』，非是。」

[三九] 方校：「案：『健』譌『健』，據《廣雅·釋詁三》正。」

[四〇] 方校：「汪氏云：『《儀禮》釋文幎又音緜。此書《二仙》緜紐無幎字。』」

[四一] 方校：「案：《類篇》『地』下有『也』字。」

[四二] 明州本、毛鈔、錢鈔注「顛」字作「顛」。陳校、陸校、龐校、黄校、錢校同。方校：「案：『顛』當从宋本作『顛』。」

[四三] 方校：「案：二徐本『腹』上有『病也一曰』四字。段氏校本『脹』作『張』。」

[四四] 按：《儀禮》見《既夕禮》，文作「右顱左顱」。此誤倒且脱「顱」字，當正補。賈疏：「謂牙兩畔最長者。」此「長」下脱「最」字，亦當補。

[四五] 明州本、毛鈔、錢鈔「甊」字作「甊」。黄校同。

[四六] 明州本、潭州本、金州本、毛鈔、錢鈔「[illegible]」字作「[illegible]」。龐校、黄校同。

[四七] 明州本、潭州本、金州本、毛鈔、錢鈔注「祅」字作「祅」。黄校、錢校同。姚校：「宋本『祅』作『祅』。許云：『宜作祅。』」

[四八] 方校：「案：大徐本『爾』作『尒』，此與《類篇》竝从小徐。」

[四九] 衛校：「本無『碣』字。」方校：「案：『今《廣雅·釋室》奪『碣』字，王氏疏證據此補。」

[五〇] 姚校：「段云：『汚宜作洿。』」陳校、陸校同。方校：「案：『汚』疑當作『洒』。『滇洒淼漫』見左思《吴都賦》，注：滇洒，水闊無涯之狀。《玉篇》亦作『洒』，訓大水皃。此與《類篇》竝承《廣韻》之譌。」

[五一] 明州本、錢鈔「塵」字作「塵」。龐校、黄校、錢校同。姚校：「『塵』，宋本作『塵』。」按：潭州本、金州本、毛鈔作「塵」。

[五二] 方校：「案：卷五《中山經》『墠』作『墠』，音田。」

[五三] 明州本、錢鈔注「曰」字作「日」。汪校、韓校、陳校、陸校、龐校、黄校、錢校同。姚校：「宋本『曰』作『日』。段云：『宜作日。』」方校：「案：『日逐』之『日』譌『曰』，據宋本及《漢書·宣帝紀》正。」

[五四] 明州本、潭州本、金州本、毛鈔、錢鈔注「總」字作「總」。黄校同。按：作「總」與《周禮·天官·内饔》鄭注同。

[五五] 明州本、潭州本、金州本、毛鈔、錢鈔注「在」字作「任」。衛校、陳校、龐校、黄校、錢校同。姚校：「宋本『在』作『任』。韓校同。」方校：「案：『任』譌『在』，據宋本及《廣韻》、《類篇》正。」

[五六] 明州本、錢鈔注「千」字作「干」。陸校、龐校、黄校、錢校同。黄曰：「『幵』从二『干』，宋本有字作『幵』。下『幵』不盡

改以見例。」姚校：「宋本『千』作『干』。」

［五七］ 方校：「案：『耆』譌从目，據宋本及《説文》正。」

［五八］ 明州本、潭州本、金州本、毛鈔、錢鈔注「蘢」字作「蘢」。韓校、陳校、錢校同。方校：「案：『蘢』譌从艸，據宋本及《説文》正。」姚校：「『蘢』，宋本作『蘢』。與正文同。」

［五九］ 明州本、潭州本、金州本、毛鈔、錢鈔注「茂」字作「茂」。陳校、龐校、黄校、錢校同。方校：「案：『茂』譌『茂』，據宋本及《篇》、《韻》正。」姚校：「宋本『茂』作『茂』。韓校、余校同。」

［六〇］ 明州本、錢鈔注「翍」字作「雅」。黄校同。誤。潭州本、金州本、毛鈔字正作「翍」，與《説文》合。

［六一］ 明州本、潭州本、金州本、錢鈔「羼」字作「羼」。錢校同。姚校：「『羼』，宋本作『羼』。韓校同。」

［六二］ 錢鈔注「絕」字作「紀」，誤。諸本作「絕」，與《爾雅．釋獸》合。

［六三］ 明州本、毛鈔、錢鈔注「脥」字作「膝」。陳校、龐校、黄校、錢校同。方校：「案：『膝』譌『脥』，據宋本正。《類篇》作『厀』，同。」姚校：「宋本『脥』作『膝』。韓校同。」

［六四］ 方校：「案：『祅』係新坿字，此譌从夭，據宋本正。」按：明州本、毛鈔、錢鈔作「祅」。陳校、陸校、龐校、黄校、錢校同。姚校：「宋本『祅』竝作『祅』，从天。韓校同。許云：『宜作祅。』」

［六五］ 方校：「案：《四庫考證》、《漢書．地理志》作『㡆』，《説文》有『㡆』無『搛』，此分『㡆』、『搛』爲二，蓋仍《玉篇》之誤。」黄校：「『㡆』、『搛』一字，此仍《玉篇》。」

［六六］ 陳校：「『絃』，俗『弦』字。」方校：「案：《五經文字》云：『弦其琴瑟。』亦用此字。作『絃』者非。」

［六七］ 方校：「案：『㢧』譌『㢤』，『马』譌『弓』，據《説文》正。補音：㢧，胡先切；马，乎感切。」按：毛鈔「㢤」字作「㢧」。龐校、黄校、錢校同。姚校：「宋本『㢤』作『㢧』。余校同。案《説文》从二『马』，大徐本有之，小徐本無此字。段云：『正文及注竝宜作㢧。』」

［六八］ 方校：「案：宋本與此同。《吴書》作『弜』，後文玄紐作『弜』，疑竝誤。」

［六九］ 按：《説文．水部》：「泫，湝流也。上黨有泫氏縣。」參見上聲《銑韻》胡犬切「泫」字。此注「混」字誤。

［七〇］ 方校：「案：汲古本『壐』誤作『壐』，段氏據此及小徐本、《廣韻》、《類篇》正。」

［七一］ 明州本、毛鈔、錢鈔注「籀」字作「籒」。龐校同。

［七二］ 明州本、錢鈔「燕」字作「燕」。龐校：「从『燕』者並同。」

［七三］ 明州本、毛鈔、錢鈔注「跂」字作「跂」。韓校、陳校、龐校、黄校、錢校同。方校：「案：『跂』譌从攴，據宋本及《莊子．德充符》正。」姚校：「宋本『跂』作『跂』。」

［七四］ 方校：「案：《山海經》卷二《西山經》『首』作『身』。」

［七五］ 方校：「案：『傳』當作『傅』，《類篇》作『博』，亦誤。傅山西有林名播冢，穀水出焉，中多珚玉。是珚玉非出傅山也。見《山海經》五《中山經》。」按：明州本、錢鈔注「傳」字正作「傅」。龐校、黄校、錢校同。姚校：「宋本『傳』作『傅』。」

［七六］ 方校：「案：『菽』譌从攴，據《類篇》正。」按：明州本、錢鈔注「菽」字正作「菽」。黄校、錢校同。姚校：「宋本『菽』作『菽』。」

［七七］ 明州本、潭州本、金州本、錢鈔注「熟」字作「孰」。黄校、錢校同。姚校：「宋本『熟』作『孰』。韓校同。」

［七八］ 明州本、錢鈔注「䰞」字作「䰞」。龐校、黄校、錢校同。姚校：「宋本『䰞』作『䰞』。」

［七九］ 方校：「案：『鳪』音杜。此字《説文》、《玉篇》不載。《廣韻》『鵑』注亦止云『杜鵑鳥』。而本書上聲《十姥》杜紐亦收之，未詳所出。」

［八〇］ 姚校：「余校『明』作『萌』。宋本作『明』。」

［八一］ 明州本、潭州本、金州本、毛鈔、錢鈔注「竹」字作「作」。陳校、陸校、龐校、黄校、錢校同。方校：「案：『作』譌『竹』，據宋本正。」姚校：「宋本『竹』作『作』，是。韓校、余校並同。段云：『作作是。』」

［八二］ 明州本、錢鈔注「火」字作「呼」。龐校、黄校、錢校同。姚校：「宋本『火』作『呼』。」按：「火」、「呼」同在曉紐。方校：「案：《類篇》呼玄切鋗紐十二文竝同。當以作『呼』爲是。」

［八三］明州本、毛鈔、錢鈔「瞍」字作「瞍」。錢校同。姚校：「宋本『瞍』作『瞍』。」

［八四］方校：「案：今本奪。王氏於《釋器下》『帥、蕡，弦也』下坿録。」

［八五］姚校：「段云：此文凡宋本亦缺筆，諱其時聖主名也。」

［八六］明州本、錢鈔「兹」字作「玆」。

［八七］方校：「案：『漢中』上《説文》有『騃言聲』三字。」

［八八］明州本、錢鈔「頚」字作「頚」。陳校、黄校、錢校同。毛鈔作「頚」。方校：「案：『頚』譌『頚』，據宋本及《類篇》正。」

［八九］明州本、錢鈔「弫」字作「弫」。龐校、黄校同。姚校：「宋本同。」

［九〇］方校：「案：『閿』譌从門，據《説文》、《類篇》正。」姚校：「宋本作『閿』。余校同。許云：『此字从門，此誤从門。』」按：姚校所謂宋本不知所指何本。

［九一］方校：「案：『淵』、『㴊』譌『淵』、『㴊』。」

［九二］明州本、潭州本、金州本、毛鈔注「罧」字作「回水」。龐校、黄校、錢校同。陸校：「『回水』二字誤一『罧』字。」方校：「案：『回水』二字譌『罧』，據宋本及《説文》正。」姚校：「宋本『罧』作『回水』。余校、韓校同。段云：『罧係回水之誤。』」

［九三］明州本、錢鈔注「蘬」字作「蘬」。錢校同。姚校：「宋本『蘬』作『蘬』。韓校同。段云：『注蘬字多水旁。』」

［九四］陸校：「『肙』作『肙』。」方校：「案：『月』譌『肙』，據《説文》正。《類篇》不誤。」

二僊

［一］方校：「案：『僊』譌『僊』。後親然切『遷』譌『遷』，竝據《説文》正。」按：明州本、金州本、錢鈔「僊」字正作「僊」。龐校、黄校、錢校同。姚校：「宋本『僊』作『僊』。」

［二］明州本注「外」字作「升」，「丁」字作「卩」。龐校、黄校、錢校同。潭州本、金州本「外」字作「外」。金州本「丁」字作「卩」。錢鈔作「巳」。方校：「案：『升』譌『外』，『卩』譌『丁』，據宋本及《説文》正。」姚校：「宋本『外』作『升』，余校同；『丁』作『卩』，韓校同。影宋本『丁』作『卩』，是。」

［三］明州本、潭州本、金州本、毛鈔、錢鈔注「谿」字作「谾」。陳校、龐校、黄校同。方校：「案：『谾』譌从谷，據宋本及《説文》正。」姚校：「宋本『谿』作『谾』。余校、韓校同。鈕云：『宜作谾。』」

［四］姚校：「許云：『《説文》鉉本作不變魚，鍇本作不變鱻。注末宜脱一字。』許又云：『小徐本是。』」

［五］明州本、毛鈔、錢鈔注下「羴」字作「𦏵」。陳校、龐校、黄校、錢校同。方校：「案：『羴𦏵』譌『羴羴』，據宋本及《廣雅・釋器下》正。」姚校：「宋本下『羴』字作『𦏵』。韓校同。」

［六］方校：「案：《方言》未見，見《一切經音義》四引《聲類》。」

［七］明州本、毛鈔、錢鈔注「簡」字作「箯」。陳校、龐校、錢校同。方校：「案：『箯』譌『簡』，據宋本及《類篇》正。」姚校：「宋本『簡』作『箯』。韓校同。許云：『前箯字下作户版謂之箯篺，从幵从日互異。』吕云：『《類篇》：户板謂之箯篺。』」

［八］明州本、錢鈔「遷」字作「䙴」，「捿」字作「插」。錢校同。姚校：「宋本『遷』作『䙴』。韓校作『䙴』。宋本『捿』作『插』。」

［九］明州本、毛鈔、錢鈔注「外」字作「升」，「㫁」作「㫁」，「丁」作「卩」，「隸」作「隸」。韓校、陸校、錢校同。方校：「案：『囟』字省筆作『囟』、『囟』，竝非。注『升』譌『外』，『㫁』譌『㫁』，『卩』譌『丁』，據宋本及《説文》正。」

［一〇］明州本、錢鈔注「邦」字作「邗」。方校：「案：『邦』當从《類篇》作『邗』。」姚校：「宋本『邦』作『邗』，是。」

［一一］明州本、毛鈔、錢鈔注「子」字作「將」。顧校、陸校、龐校、黄校、錢校同。方校：「案：宋本將仙切，《類篇》煎紐十文竝與宋本同。『將』、『子』同精母。」姚校：「宋本『子』作『將』，是。韓校同。」

［一二］明州本、錢鈔注「灊」字作「灊」，「洒」字作「洒」。龐校、黄校、錢校同。潭州本、金州本作「灊」。姚校：「宋本『灊』作『灊』。」

［一三］姚校：「段云：『《後漢書·梁鴻傳》：咸先佞兮唌唌。李賢注：唌音延，傀言徒急之貌。』」

［一四］明州本、潭州本、金州本、毛鈔、錢鈔注「汛」字作「氵干」。黄校同。方校：「案：宋本『汛』作『氵干』。」

［一五］明州本、毛鈔、錢鈔注「臭」字作「臯」。黄校同。

［一六］姚校：「吕云：『《方言》部作人。』」按：《方言》見第一，吕校所據，疑非善本。

［一七］方校：「案：『梴』譌『桶』，據《詩·商頌·殷武》及《類篇》正。」按：明州本、金州本、毛鈔、錢鈔注「桶」字正作「梴」。陳校、龐校同。下抽延切引作「梴」，不誤。

［一八］方校：「案：《詩》『松梴有梴』。《白帖》一百引作『埏』。《釋文》以『埏』爲俗作。」按：明州本、潭州本、金州本、毛鈔、錢鈔注「梴」字作「挻」。陸校、龐校、黄校、錢校同。姚校：「宋本『梴』作『挻』。」

［一九］方校：「案：『祉』譌从示，據《説文》正。」按：明州本、錢鈔「祉」字正作「祉」，注同。錢校同。姚校：「宋本『祉』均作『祉』，从衣。余校同。」

［二〇］明州本、毛鈔、錢鈔注「皐」字作「鼻」。黄校同。

［二一］方校：「案：『兔』譌『免』，據《類篇》正。」按：明州本、潭州本、金州本、毛鈔注「免」字正作「兔」。黄校、錢校同。錢鈔注作「兎」。姚校：「宋本『免』作『兔』。」

［二二］方校：「案：《公羊·哀八年傳》『歸』作『取』。《釋文》：『僤，《字林》作嘽，《左氏》作闡。』」

［二三］明州本、毛鈔「鬻」字作「鬻」，錢鈔作「鬻」。黄校：「皆从『㢸』，小字同。」

［二四］方校：「案：『頒』譌『頒』，據《方言》十正。」按：明州本、潭州本、金州本、毛鈔、錢鈔注「頒」字正作「頒」。龐校、黄校、錢校同。姚校：「宋本『頒』作『頒』。」

［二五］明州本、金州本、毛鈔、錢鈔注「膺」下有「也」字。陳校、陸校、龐校、黄校、錢校同。方校：「案：『膺』下奪『也』字，據宋本補。」姚校：「宋本『膺』下有『也』字，宋本是。韓校同。」

［二六］明州本、毛鈔、錢鈔注「腁」字作「胼」，潭州本、明州本作「胼」。衛校、龐校、黄校、錢校同。姚校：「宋本『腁』作『胼』。韓校作『胼』。段云：『宜作胼。』」

［二七］方校：「案：大徐本古體作『[illegible]』、『[illegible]』，小徐本『[illegible]』作『瞅』。」

［二八］明州本、潭州本、金州本、毛鈔、錢鈔注「猨」字作「猿」。龐校、黄校、錢校同。姚校：「宋本『猨』作『猿』。」

［二九］明州本、潭州本、金州本、毛鈔、錢鈔「鱣」字作「鱣」。

［三〇］明州本、潭州本、金州本、毛鈔、錢鈔注「廛」字作「廛」。

［三一］余校：「『長木』二字乙。」

［三二］潭州本注「梴」字作「梴」，誤。明州本、金州本、毛鈔、錢鈔作「梴」，與《詩·商頌·殷武》同。

［三三］明州本、潭州本、金州本、毛鈔、錢鈔「獮」字作「獮」。錢校同。姚校：「宋本『獮』作『獮』。」

［三四］方校：「案：《廣雅·釋詁三》作『謾譠』。」

［三五］方校：「案：『遄』譌『遄』，據二徐本正。詳見後『延』字紐。」按：明州本、毛鈔、錢鈔「遄」字作「遄」。龐校、黄校、錢校同。姚校：「宋本作『遄』。」

［三六］方校：「案：此三字竝當从衣，見《方言》四。『襢』本作『繵』，惟上文『繵』字已見，今仍之。『禪』，各本譌『襌』，《類篇》同。盧氏據宋本、正德本正，與本書合。」按：明州本、毛鈔「襢」字作「襢」，注同。又注「衸」字作「衸」，「禪」字作「禪」。韓校、陸校、龐校、黄校、錢校同。姚校：「宋本『襌』作『禪』，从衣。韓校同。」按：余校亦同。

［三七］方校：「案：《類篇》『蹍』作『蹍』，注『㞡』作『展』，今據正。《類篇·厂部》亦無『㞡』字。」按：唐寫本韻書殘卷有「㞡」字。

［三八］陳校：「厘，《類篇》从厂。」按：明州本、潭州本、金州本、毛鈔、錢鈔「厘」字作「厘」，注同。龐校、黄校、錢校同。方校：「案：宋本及《類篇》皆作『厘』。《類篇》入《厂部》。」姚校：「宋本『厘』作『厘』。」

［三九］方校：「嚴氏云：《孔子世家》、《魯語》注皆作『沐腫』。」按：此實段校。

［四〇］明州本、潭州本、金州本、毛鈔、錢鈔「獮」字作「獮」，注同。龐校、黄校、錢校同。姚校：「宋本『獮』作『獮』。」

［四一］　方校：「案：『睢』譌『桂』，據《類篇》正。」按：《山韻》鉏山切、本韻鋤連切並作「睢陽」，各本皆誤，當據改。

［四二］　方校：「案：《類篇》同。大徐本『負』作『負』，小徐本作『員』。段氏校改『負車』。」按：明州本、潭州本、金州本、毛鈔、錢鈔皆作「負」。陳校：「『負』，《説文》作『負』。」黄校：「『負』宜當作『員』。」姚校：「宋本作『負』。余校作『員』。鈕云：『宜作員。』」

［四三］　方校：「案：字當从《類篇》作『聠』。从隸省也。依許書則當作『聯』。」按：明州本、潭州本、金州本、毛鈔、錢鈔「聯」字作「聠」。龐校、黄校、錢校同。龐曰：「从『聠』者竝同。」姚校：「宋本『聯』作『聠』。」

［四四］　方校：「案：卷三《北山經》『灖』作『灖』，《玉篇》作『灖』，《水經注》引止作『聠』。又經『西』下無『北』字，『秦』作『泰』，當竝據以删正。」按：明州本、毛鈔、錢鈔「灖」字作「灖」。龐校、黄校、錢校同。姚校：「宋本『灖』作『灖』。」又曰：「余校『秦』當作『泰』。」衛校同。

［四五］　明州本、毛鈔、錢鈔注「簃」字作「簃」。陳校、龐校、黄校、錢校同。方校：「案：『簃』譌『簃』，據宋本及《玉篇》、《類篇》正。《爾雅·釋宫》『樋』止作『連』。」姚校：「宋本『簃』作『簃』。」韓校同。鈕云：「『宜作簃。』」

［四六］　明州本、潭州本、金州本、錢鈔「獺」字作「獵」，注同。龐校、錢校同。

［四七］　方校：「案：『長』上奪『木』字，據《類篇》補。」

［四八］　明州本、潭州本、金州本、毛鈔、錢鈔「聯」字作「聠」。錢校同。

［四九］　明州本、毛鈔、錢鈔「甄」字作「甄」。龐校、黄校、錢校同。黄校：「从『垔』之字同。」

［五〇］　方校：「案：『勉』譌『免』，據《類篇》及前諸延切『甄』注正。」

［五一］　按：「篱」當作「篱」，从木不从手。據前《眞韻》之人切「甄」字注正。

［五二］　明州本、錢鈔注「蘦」字作「虈」。陸校、龐校、黄校、錢校同。方校：「案：『虈』譌从水，據宋本正。《廣雅·釋器下》作『虈』，讀若蕭。」姚校：「宋本『蘦』作『虈』。」韓校同。」

［五三］　方校：「案：《廣雅·釋詁一》訓樂者字作『嘕』，《釋訓》則曰『嘕嘕，喜也』。《楚詞·大招》『宜笑嘕只』，王逸注：

『嘕，笑皃。』義竝與『嘕』同。」

［五四］　姚校：「余校作『羉』。」方校：「案：《説文》、《類篇》『羉』皆作『羉』，此从隸省耳。後權紐注『大』譌『犬』。據宋本正。」

［五五］　明州本、毛鈔、錢鈔「遁」字作「遁」。黄校、錢校同。姚校：「宋本『遁』作『遁』。」韓校同。」方校：「案：《説文·目部》『遁』注與此同，从目从延，延亦聲。『延』係二篇部首，補音丑連切，此上作『正』，左从『辶』，非。宋本及《類篇》作『遁』，亦誤。」

［五六］　方校：「案：『莚』譌『莚』，注并譌『筵』。據《類篇》及《文選·左思〈蜀都賦〉》正。」按：明州本、毛鈔「莚」字及注「筵」字并作「莚」。黄校、錢校同。姚校：「宋本『莚』作『莚』。」韓校同。」

［五七］　明州本、毛鈔、錢鈔注「文」字作「丈」。衛校、陳校、陸校、龐校、黄校、錢校同。方校：「案：『丈』譌『文』，據宋本及《説文》正。《類篇》『禮』作『書』亦誤。」姚校：「宋本『文』作『丈』，是。余校、韓校皆同。」

［五八］　方校：「案：『燕北』、『易析』，《方言》八作『北燕』、『蜇易』。」按：《方言》第八作「易蜴」、「北燕」，郭注音延。

［五九］　方校：「案：《類篇》『麆』作『麆』，而《鹿部》『麆』、『麆』二字竝無。」按：明州本、毛鈔、錢鈔注「麆」字作「麆」。龐校、黄校、錢校同。姚校：「宋本『麆』作『麆』。」

［六〇］　陳校：「『急』，《類篇》作『説』。」方校：「案：『説』譌『急』，據《類篇》正。」

［六一］　明州本、潭州本、金州本、毛鈔、錢鈔注「兄」字作「凡」，「讀」字作「請」。陳校、陸校、龐校、黄校、錢校同。又明州本、毛鈔、錢鈔注「已」字作「己」。陳校、陸校、龐校、黄校、錢校同。方校：「案：『凡』譌『兄』，『請』譌『讀』，據宋本及《説文》正。」姚校：「宋本『兄』作『凡』，『讀』作『請』，是。余校、韓校同。」

［六二］　汪校：「『辛』字作『辛』。」

［六三］　方校：「案：『禮』譌从手，據《類篇》及本文正。『被』亦當依《類篇》作『被』。」按：明州本、毛鈔、錢鈔「被」字作「被」。明州本、毛鈔注「襦」字作「襦」，「捲」字作「禮」。龐校、黄校、錢校同。龐校：「从『虔』者並同。」姚校：「宋本

「裓」作「裓」。韓校同。又宋本「襦」作「襦」，「捲」作「褄」。」

［六四］潭州本、毛鈔、錢鈔注「拔」字作「拔」。黄校同。明州本、金州本作「拔」。

［六五］方校：「案：一曰云云即《方言》十三郭注。」

［六六］明州本、錢鈔「乹」字作「乹」。龐校、黄校、錢校同。姚校：「宋本『乹』作『乹』。」

［六七］方校：「案：『健』譌从亻，據《類篇》正。」

［六八］明州本、金州本、錢鈔注「乹」字作「乹」。龐校、黄校、錢校同。姚校：「宋本『乹』作『乹』。」

［六九］方校：「案：《韻會》出『腱』字，注：『大筋也。』引《記・内則》注『筋，腱也』。惟《釋文》『筋』止音斤，『腱』亦止其言、其偃，紀偃三反，竝無乾音，俟别攷。」

［七〇］方校：「案：『鰈』，《廣雅・釋魚》及《類篇》同。《韻會》引作『鱓』，非是。」

［七一］陳校：「『牝』，《類篇》作『牡』。」按：明州本、潭州本、金州本、毛鈔、錢鈔注「牝」字正作「牡」。龐校、黄校、錢校同。方校：「案：宋本及《類篇》『牝』作『牡』，今據正。」姚校：「宋本『牝』作『牡』。韓校同。」

［七二］明州本、潭州本、金州本、毛鈔、錢鈔「劇」字作「劇」。龐校、黄校、錢校同。方校：「案：『劇』譌『劇』，據宋本及《類篇》正。」姚校：「宋本作『劇』。韓校、余校並同。」

［七三］明州本、毛鈔、錢鈔「夋」字作「夋」，注「亦」字作「一」。龐校、黄校、錢校同。段校：「宋本作『夋』，大小字皆然。」方校：「案：『夋』譌『夋』，據《説文》正。宋本从隷作『夋』，亦通。」姚校：「宋本『夋』作『夋』，『亦』作『一』。韓校『夋』作『夋』。」

［七四］方校：「案：『㬥』當从《廣雅・釋器下》作『㬥』，上从目。」按：明州本、錢鈔「㬥」字作「㬥」。姚校：「『㬥』作『㬥』。段云：『宋作㬥。』」

［七五］黄校：「从『扁』之字皆同。」

［七六］明州本、金州本、錢鈔注「峙」字作「特」。龐校、黄校、錢校同。方校：「案：『特』譌『峙』，據宋本及《類篇》、《韻會》正。」姚校：「宋本『峙』作『特』。」按：《毛鈔》作「持」。韓校、陳校、陸校同。

［七七］方校：「案：《爾雅・釋艸》注『蔾』作『藜』，《類篇》作『蔾』。」

［七八］明州本、潭州本、金州本、錢鈔注「猨」字作「猿」。龐校、黄校、錢校同。姚校：「宋本『猨』作『猿』。」

［七九］明州本、錢鈔「䝞」字作「䝞」。龐校、黄校、錢校同。姚校：「宋本作『䝞』。」

［八〇］明州本、潭州本、金州本、錢鈔注「聯」字作「聮」。錢校同。姚校：「宋本『聯』作『聮』。」

［八一］明州本、毛鈔、錢鈔「柄」字作「柄」。龐校、黄校同。誤。潭州本、金州本作「柄」。

［八二］明州本下「縣」字作「縣」。龐校、黄校、錢校同。姚校：「宋本作『縣縣』。」

［八三］方校：「案：當从《説文》作『蝒』。」

［八四］陳校：「『蚵』又同『蝒』，『蚜』當作『蚵』，《説文》誤。又見《廣韻》引《説文》作『蚵』。」方校：「案：『蚵』譌『蚵』，據《説文》正。注『蚜』，二徐本同。段據《廣韻》改『蚵』。」按：毛鈔「蚵」字作「蚵」。陸校同。姚校：「『蚵』宋本作『蚵』，是。余校同。」

［八五］潭州本、金州本、毛鈔「紑」字作「紑」。方校：「案：《類篇》同。宋本『紑』作『紑』，非是。」

［八六］明州本、毛鈔、錢鈔注「鴘」字作「鴘」。陳校、陸校、龐校、黄校、錢校同。方校：「案：『鴘』譌『鴘』，據宋本及《爾雅・釋鳥》注正。」姚校：「宋本『鴘』作『鴘』。韓校同。」

［八七］明州本、毛鈔、錢鈔注「豈」字作「宣」。陳校、陸校、龐校、黄校、錢校同。方校：「案：『宣』譌『豈』，據宋本及《説文》正。」姚校：「宋本『豈』作『宣』，是。韓校、余校並同。」

［八八］明州本、毛鈔、錢鈔「顛」字作「顛」。汪校、韓校、陳校、龐校、黄校、錢校同。又注「顛」字作「顛」。龐校、黄校、錢校同。姚校：「宋本『顛』作『顛』。」方校：「案：『顛』譌『顛』，據宋本及《篇》、《韻》正。注『顛』當从正文作『顛』。」

［八九］方校：「案：王本《廣雅・釋詁四》『表』作『循』。葢緣『循』下奪『也』字，遂與下文『襮、裔、方、外、旌，表也』誤并爲一條耳。」

［九〇］明州本、潭州本、金州本、毛鈔、錢鈔「回」字作「囘」。陸校、龐校、黄校、錢校同。方校：「案：《説文》『亘』作『𠥓』，此『囘』譌『回』。據宋本正。『象亘回形，《韻會》引《説文》作『象風回形』，與二徐本異。」姚校：「宋本『回』字作『囘』。韓校作『回』。」

［九一］明州本、毛鈔、錢鈔注「揀」字作「揀」。陸校、龐校、黄校、錢校同。方校：「案：『揀』譌从東，據宋本及《類篇》正。」姚校：「宋本『揀』作『揀』。韓校同。」

［九二］明州本、金州本、毛鈔、錢鈔注「胒」字作「胣」。余校、陳校、陸校、龐校、黄校、錢校同。姚校：「宋本『胒』作『胣』，是。韓校同。」方校：「案：『胣』譌从邑，據宋本及《説文》正。」按：清人於此尚有他説，録以存參。黄彭年曰：「彭年按：《説文》：『荃，芥脃也。』段注：『《黑部》以芥爲𪒠名曰芥荃。云芥脃者，謂芥𪒠鬆脃可口也。此字據上下文則非《楚詞》荃也。』」吕錦文曰：「錦文按：『胒』即『腌』字，漬肉也。與艸無涉。當从《説文》作『胣』爲是。《説文》無『胒』字。上『蓀』字，香草也。《楚辭》『蓀』與『荃』同。《玉篇》『荃』亦注『香草也』。此注艸名，引《説文》『芥胒也』。引《説文》或另有本。『芥胒』則不知何物，『胒』亦不知何字。《説文》有『葩』字，是采『葩』與『胒』形或可沿譌，而菓實則斷無涉。『胒』或『葩』之譌，與香義較近，而『芥』字無可係。」

［九三］按：《方言》第五：「槌，其横，關西曰橛，宋魏陳楚江淮之間謂之樺，齊部謂之持。所以縣樺，關西謂之㯓，東齊海岱之間謂之繏。」疑此「持」爲「栚」字之誤。

［九四］方校：「案：『篿』譌从傅，據《方言》五正。《廣韻》作『篿』，亦誤。」按：潭州本、金州本注「篿」字作「篿」，毛鈔作「篿」，與《方言》第五合。衛校、陳校、陸校、龐校、黄校、錢校同。姚校：「宋本『篿』作『篿』。韓校同。」

［九五］《説文・車部》：「輇，蕃車下庳輪。」此疑脱「蕃」字。姚校：「宋本『㽉』作『庳』。」按：各本注皆作「㽉」，未知姚何所據。

［九六］《説文・金部》此篆下有「或从𤣩」三字，依本書體例，當補。

［九七］明州本、錢鈔「旋」字作「旋」。黄校同。龐校：「从『旋』者並同。」

集韻校本

［九八］方校：「案：『棯』譌从手，據《説文》正。」按：明州本、錢鈔注「捻」字正作「棯」。姚校：「宋本作『棯』。余校同。」

［九九］毛鈔「鏇」字作「鏇」。余校、錢校同。方校：「案：『鏇』譌『鏇』，據宋本及《廣韻》正。」姚校：「宋本作『鏇』，是。韓校同。」

［一〇〇］明州本、毛鈔、錢鈔作「璿」、「璚」、「𧥽」、「叡」。龐校、黄校、錢校同。方校：「案：當作『璿』、『璚』、『𧥽』、『叡』、『瓊』，據宋本及《説文》、《玉篇》正，惟宋本『叡』作『叡』，亦誤。」姚校：「宋本作『璿』、『璚』、『𧥽』、『叡』，是。韓校同。」余校：「『璿』、『璚』、『叡』作『璿』、『璚』、『叡』。」潭州本、金州本「璚」、「𧥽」作「璚」、「𧥽」。

［一〇一］方校：「案：《廣雅・釋蟲》作『蝬蜷』。」

［一〇二］方校：「案：《廣雅・釋器上》『匥』作『𠤷』。」

［一〇三］明州本、潭州本、金州本、毛鈔、錢鈔「𡘋」字作「𡘋」。顧校、龐校、黄校、錢校同。姚校：「宋本『𡘋』作『𡘋』。」方校：「案：二徐本古體作『𡘋』。」

［一〇四］方校：「案：『虵』譌『地』，據《類篇》正。」按：明州本、潭州本、金州本、毛鈔、錢鈔注「地」字正作「虵」。陳校、龐校、黄校、錢校同。姚校：「宋本『地』作『虵』。」

［一〇五］余校注「慬」字作「謹」。姚校：「許云：『宜从言。』」按：从「言」與《説文・心部》「㤺」篆注合。

［一〇六］明州本、錢鈔、毛鈔「宂」字作「穴」。龐校、黄校同。

［一〇七］明州本、毛鈔注「虞」字作「虞」。龐校同。潭州本、金州本作「虞」。

［一〇八］明州本、潭州本、金州本、毛鈔、錢鈔注「澮」字作「澮」。龐校同。方校：「案：『甽澮川』，《説文》作『𡿨巜巛』。」段注：「今《尚書》作『甽澮距川』者，後人所改也。」

［一〇九］陸校「磬」作「磬」。方校：「嚴氏云：當作『磬穿』。《考工記・磬氏》『已下則摩其耑』。劉昌宗耑亦音穿。」姚校：「段云：注宜作『磬穿』。出《考工記》，劉昌宗亦音耑。」

［一一〇］明州本、潭州本、金州本、毛鈔、錢鈔注「嫥」字作「嫥」。龐校、黄校、錢校同。又明州本、金州本、毛鈔、錢鈔注闕空作

「可」。陸校、龐校、黄校、錢校同。潭州本僅存「ニ」。方校：「案：『嫥』譌『嫥』，『愛』上缺『可』字，據宋本及《類篇》正補。」姚校：「宋本『嫥』作『嫥』，闕字作『可』。」韓校同。」

［一一一］明州本、潭州本、金州本、毛鈔、錢鈔注「沿」字作「沿」。龐校、黄校同。

［一一二］吕賢基曰：「『㠯』宜作『以』。」

［一一三］方校：「案：大徐本『判』上有『以』字，段氏从小徐本作『㠯』。汪氏云：『似無以字爲勝。』《類篇》引與此同。」

［一一四］明州本、潭州本、金州本、毛鈔、錢鈔注「摶」字作「槫」。陳校、陸校、龐校、黄校、錢校同。方校：「案：『槫』譌从手，據宋本及本文正。」姚校：「宋本『摶』作『槫』。」

［一一五］明州本、潭州本、金州本、毛鈔、錢鈔注「鍾」字作「錘」。陳校、陸校、龐校、黄校、錢校同。方校：「案：『錘』譌『鍾』，據宋本及《類篇》正。」姚校：「宋本『鍾』作『錘』。」韓校同。又：段云：『鍾係錘之誤，此本《毛詩傳》紡專之説。』」

［一一六］方校：「案：『船』，《韻會》同。《廣韻》重文作『舩』。」

［一一七］明州本、潭州本、金州本、毛鈔、錢鈔「瑌」字作「堧」。陳校、龐校、黄校、錢校同。方校：「案：『堧』譌从王，據宋本及《漢書·申屠嘉傳》注正。」姚校：「宋本『瑌』作『堧』。」韓校同。」

［一一八］明州本、毛鈔、錢鈔注「欇」字作「𥜌」。顧校、陳校、陸校、龐校、黄校、錢校同。方校：「案：『𥜌』譌从木，據宋本及《類篇》正。」姚校：「宋本『欇』作『𥜌』。」韓校同。」

［一一九］方校：「汪氏云：『煩撋，見《詩·葛覃》箋。』珪案：汲古本有『捼』無『挼』，段校有『挼』無『捼』，以此書及《類篇》參校，當从段本。『莎』，《釋文》作『挱』，今據正。」

［一二〇］方校：「案：絲難理本《廣韻》，絲勞本《説文》，其實本是一義。葢以陸書注許書也。《類篇》『曰』上有『一』字。」按：明州本、毛鈔、錢鈔注「曰」上正有「一」字。顧校、陸校、龐校、黄校、錢校同。姚校：「宋本『曰』上有『一』字。韓校同。」

［一二一］明州本、毛鈔、錢鈔「愇」字作「愇」。顧校、龐校、黄校、錢校同。方校：「案：『愇』旁『𦎫』上譌从高，據宋本及《説

文》正。」姚校：「宋本『愇』作『愇』。」韓校同。」

［一二二］方校：「案：王本《廣雅·釋詁四》『抐、搵、搙，擩也』。『擩』，曹憲音『而主』。今本誤奪『擩』字，并以『而主』二字誤入正文，讀者不得其解，遂改『而主』爲『揷拄』，則歧之又歧矣。然此書已如此，其誤不知始於何時，今姑仍之。」

［一二三］方校：「案：『雡』譌『雡』，據《廣雅·釋鳥》及《玉篇》正。《類篇》从鳥作『鷚』。」按：遍檢《廣雅·釋鳥》，未見此文。此見《廣雅·釋言》，曹音而絹，又緣。方校誤。明州本、潭州本、金州本、毛鈔、錢鈔注「雡」字正作「雡」。龐校、黄校、錢校同。姚校：「宋本『雡』作『雡』。」韓校同。」

［一二四］明州本、錢鈔注「目」字作「百」。黄校：「宋誤。」按：潭州本、金州本、毛鈔作「目」，不誤。

［一二五］明州本、潭州本、金州本、毛鈔、錢鈔注「金」字作「釘」。衛校、陸校、龐校、黄校、錢校同。方校：「案：『釘』譌『金』，據宋本及《廣雅·釋器下》正。『文二』當从宋本作『三』。」按：曹本作「二」，顧氏重修本已改。姚校：「宋本『金』作『釘』。」韓校同。

［一二六］明州本、毛鈔、錢鈔「篳」字作「篳」。龐校、黄校、錢校同。姚校：「宋本『篳』作『篳』。」韓校同。」按：作「篳」與《廣韻》合。

［一二七］余校：「『尣』並改从『九』。」董校：「尣一本改从『九』。」陳校：「《廣韻》作『尷』。」按：『尲』字之誤，見《齊韻》。按：《説文·九部》：「尲，尬不能行爲人所引曰尲尬。」鉉音都兮切。參見前《齊韻》都黎切「尲」字。

［一二八］方校：「案：《類篇》同。嚴氏云：『當作觲，《角弓》音義引《説文》火全反。』」

［一二九］姚校：「段云：『宋諱貞作正。』」馬校：「此諱『貞』字作『正』。」按：《史記·貨殖列傳》：「故楊、平陽陳掾其間，得所欲。」索隱：「掾音逐緣反，陳掾猶經營馳逐也。」

［一三〇］明州本、潭州本、金州本、毛鈔、錢鈔注「獮」字作「獼」。錢校同。姚校：「宋本『獮』作『獼』。」

［一三一］潭州本、金州本、毛鈔注「閒」字作「間」。龐校、黄校、錢校同。方校：「案：『間』譌『閒』，據宋本及《類篇》正。」姚校：「宋本『閒』作『間』。」韓校同。」

〔一三二〕陳校:「『孌』見《桓韻》盧丸切,作『⿱䜌十』,同。」方校:「案:當从《説文》改『彎』,《類篇》作『⿱䜌十』,亦通。」

〔一三三〕方校:「案:《類篇》『臠』作『臠』,『腹胦』作『腸也』。」

〔一三四〕明州本、毛鈔、錢鈔「癵」字作「⿸广䜌」,注「⿱䜌巾」同。龐校、黄校、錢校同。姚校:「宋本『癵』、『⿱䜌巾』均作『⿸广䜌』。段云:『今《説文》無奱。』鈕云:『《説文·非部》有⿱䜌非,从非,隸變下从大。』」方校:「案:『⿱䜌非』見《説文·非部》,隸作『奱』,重文《類篇》作『⿸广䜌』。此正文譌『癵』,注文譌『⿱䜌巾』,竝當訂正。」

〔一三五〕明州本、毛鈔、錢鈔注「瘦」字作「瘦」。龐校、黄校、錢校同。

〔一三六〕姚校:「余校『水』作『木』。」

〔一三七〕明州本、潭州本、金州本、毛鈔、錢鈔注「山」字作「出」。顧校、陸校、龐校、黄校、錢校同。方校:「案:『出』譌『山』,據宋本及《類篇》正。」姚校:「宋本『山』作『出』。」韓校同。

〔一三八〕方校:「案:《類篇》同。《篇》、《韻》『夜』皆作『射』。」

〔一三九〕余校「耳」下增「玉」字。韓校同。

〔一四〇〕明州本、潭州本、金州本、毛鈔、錢鈔注「獮」字作「獼」。錢校同。姚校:「宋本『獮』作『獼』。」

〔一四一〕明州本、毛鈔、錢鈔「⿱巛夕」字作「巡」。龐校、黄校、錢校同。陳校:「《類篇》作『巡』,从辵,同。」姚校:「宋本作『巡』。」韓校同。段云:「『當作巡。』」

〔一四二〕明州本、金州本、毛鈔、錢鈔注「杷」字作「把」。龐校、黄校、錢校同。姚校:「宋本『杷』作『把』。」

〔一四三〕方校:「案:『隳』上譌从隨,據《類篇》正。」按:明州本、毛鈔、錢鈔「隳」字正作「隳」。龐校、黄校、錢校同。姚校:「宋本『隳作『隳』。」

〔一四四〕姚校:「余校『譞』作『譞』。」

〔一四五〕明州本、毛鈔注「雒」字作「雒」。黄校同。

〔一四六〕姚校:「段云:『心亦忄字,宜云籀从刖乃合。』」

〔一四七〕明州本、毛鈔、錢鈔注「潫」下空白處爲「⿱穴丸」字。顧校、陳校、陸校、龐校、黄校、錢校同。姚校:「余校『潫』上有『淵』字。韓校空白處作『⿱穴丸』。段曰:『空格宋本是⿱穴弦字。』」潭州本脱爛不可辨。方校:「案:空處是『弦』字,據宋本及《類篇》補。」

〔一四八〕方校:「案:『⿰女⿱目大』譌『嫚』,據《類篇》正,前透鰈切『⿰女⿱目大,容媚也』,則『眉』當作『媚』。」

〔一四九〕明州本、潭州本、金州本、毛鈔、錢鈔「貟」字作「員」。顧校、陸校、龐校、黄校、錢校同。方校:「案:『員』譌『貟』,據宋本及《説文》正。」姚校:「宋本作『員』。」韓校作『貟』。」

〔一五〇〕明州本、毛鈔、錢鈔注「作圓」作「从貟」。韓校、龐校、黄校同。方校:「案:宋本云『或从貟』。」姚校:「宋本『作圓』二字作『从貟』。」

〔一五一〕明州本、毛鈔、錢鈔「隕」字作「幁」。龐校、黄校、錢校同。姚校:「『隕』,宋本作『幁』。」

〔一五二〕潭州本注「健」字作「健」。汪校、錢校同。姚校:「宋本『健』作『健』。」按:上文莊緣切「勬」字注「健」字作「健」,上有「彊」字。《類篇·力部》「勬」字注亦有「彊」字。《廣韻·仙韻》居緣切「勬」:「強健也」。似當在「健」字上補「彊」字。

〔一五三〕方校:「案:《廣雅·釋器上》作『纗』,『纗』與『絭』通。」

〔一五四〕按:《説文·邑部》:「酄,魯下邑。《春秋傳》曰:『齊人來歸酄。』」鉉音呼官切。本書《桓韻》引《説文》同,《玉篇》、《廣韻》同。則「酄」不音驅員切,亦非聞喜鄉名。此「酄」爲「鄽」字之誤。《廣韻·仙韻》丘圓切字作「鄽」,注云「鄉名,在聞喜」可證。

〔一五五〕明州本、潭州本、金州本、毛鈔、錢鈔注「連」字作「逹」。陳校、陸校、龐校、黄校、錢校同。方校:「案:『逹』譌『連』,據宋本及《類篇》、《韻會》正。」姚校:「宋本『連』作『逹』,是。」韓校同。

〔一五六〕明州本、潭州本、金州本、毛鈔、錢鈔注「眶」字作「眶」。汪校、龐校、黄校同。黄曰:「缺筆。」

〔一五七〕明州本、毛鈔注「角」字作「角」。

[一五八] 姚校：「吕云：『㺂宜作羚。』」按：《爾雅・釋畜》：「角三觠，羷。」郭注：「觠角三匝。」釋文：「觠，吕、郭音權，謝居轉反。」似不必依吕説改。

[一五九] 明州本、潭州本、金州本、毛鈔、錢鈔注「眷」字作「脊」。衛校、龐校、黄校、錢校同。方校：「案：『脊』譌『眷』，據宋本及《説文》正。」姚校：「宋本『眷』作『脊』。韓校同。余校作『膂』。」

[一六〇] 明州本、潭州本、金州本、毛鈔、錢鈔注「踽」字作「踻」。錢校同。姚校：「韓校作『踻』。」

[一六一] 明州本、金州本、毛鈔、錢鈔注「壯」字作「牡」。衛校、陳校、龐校、黄校、錢校同。方校：「案：『牡』譌『壯』，據《爾雅・釋獸》正。」姚校：「宋本『壯』作『牡』，是。」

[一六二] 明州本、毛鈔、錢鈔注「鈌」字作「缺」。龐校、黄校、錢校同。方校：「案：『缺』譌『鈌』，據宋本及《説文》正。」姚校：「宋本『鈌』作『缺』。韓校同。」

[一六三] 毛鈔、錢鈔注「萑」字作「雈」。龐校、錢校同。姚校：「宋本『萑』作『雈』，从卝。」

[一六四] 方校：「案：《類篇》同。《廣韻》『名』作『形』。」

[一六五] 明州本、潭州本、金州本、毛鈔、錢鈔注「牧」字作「收」。陳校、陸校、龐校、黄校、錢校同。方校：「案：『收』譌『牧』，據宋本及《説文》正。」姚校：「宋本『牧』作『收』。余校同。」

[一六六] 明州本、毛鈔、錢鈔注「犬」字作「大」。龐校、黄校、錢校同。陳校：「从大，不从犬。」姚校：「宋本『犬』作『大』。余校同。韓校作『犬』。許云：『《玉篇》作大，是。』」余校：「『㚖』作『奰』。」

三蕭

[一] 方校：「案：《類篇》作『鱐』，亦非。據字當作『鱐』。」按：明州本、毛鈔、錢鈔「鱐」字作「鱐」。韓校、龐校、黄校同。

[二] 明州本、毛鈔、錢鈔注「參」字作「篸」。姚校：「宋本『參』作『篸』。」韓校同。

[三] 明州本、錢鈔注「眹」字作「朕」。黄校、錢校同。姚校：「宋本『眹』作『朕』。」

[四] 明州本、毛鈔、錢鈔「颼」字作「颾」。陸校、龐校、黄校、莫校、錢校、同。方校：「案：『颾』譌从叟，據宋本及《類篇》正。」姚校：「宋本『颼』作『颾』，从叜，是。」

[五] 明州本、錢鈔「怪」字作「怪」。黄校：「宋誤。」按：潭州本、金州本、毛鈔作「怪」。

[六] 明州本、毛鈔、錢鈔注「焫」字作「焫」。余校、韓校、陳校、陸校、龐校、黄校、莫校、錢校同。方校：「案：『焫』譌『焫』，據宋本及《類篇》正。」姚校：「宋本『焫』作『焫』。」

[七] 明州本、毛鈔、錢鈔「⿰镸召」、「⿰镸刀」作「⿰镸召」「⿰镸刀」。注中「鼠」字亦作「鼠」。龐校、黄校同。

[八] 明州本、錢鈔注「鷔」字作「驐」。黄校同。按：《説文・隹部》：「雕，鷔也。」字从鳥不从馬，明州本誤。潭州本、金州本、毛鈔字正作「鷔」。

[九] 方校：案：「『鳭』譌『鳭』，『中』譌『虫』，據《釋鳥》正。釋文『鳭』音丁堯反。」按：明州本、毛鈔、錢鈔「鳭」、「雕」字作「鳭」、「雕」。韓校、黄校、錢校同。又明州本、潭州本、金州本、毛鈔、錢鈔注「鵃」字作「鵃」，「虫」字作「中」。衛校、陳校、龐校同。姚校：「宋本『鳭』作『鳭』，『鵃』作『鵃』，『虫』作『中』。韓校『鳭』、『鳭』同宋本。許云：『鳭，《爾雅》从刀。虫，宋本作中，是。』」

[一〇] 明州本、毛鈔、錢鈔「蛁」字作「蛁」，「蚒」字作「蚒」，注「勞」字作「蟧」。龐校、黄校同。方校：「案：『蟧』譌『勞』，據宋本及《方言》十一正。」姚校：「宋本『蛁』作『蛁』，『蚒』作『蚒』，『勞』作『蟧』。韓校『蟧』同宋本。」

[一一] 段校：「『刀』俗作『刁』，傳寫譌耳。」方校：「案：《史記・李將軍傳》索隱引荀悦注，《漢書・李廣傳》集注引蘇林、孟康注皆作『刀斗』。《莊子・齊物論》『調調刀刀』，《後漢・宦者傳序》『豎刀亂齊』，亦皆作『刀』。《説文》補音：刀，都牢切，又丁聊切。《玉篇》刀又丁幺切。本一字而兩音。《詩》『維玉及瑤，鞞琫容刀』，刀一音貂，説見《韻會》。郭忠恕《佩觿》所以斥別爲『刁』者爲浮僞也。此以正爲俗，傎到甚矣。丁氏應不至是，殆傳録互譌耳！《類篇》『刀』注亦

可證。」

[一二] 明州本、毛鈔、錢鈔「刐」字作「刅」,「刟」字作「刮」。黄校、錢校同。姚校：「宋本作『刅』、『刮』。」

[一三] 明州本、錢鈔注「石」字作「召」。黄校同。誤。按：潭州本、金州本、毛鈔作「石」,不誤。

[一四] 明州本、毛鈔、錢鈔「艻」字作「芀」。龐校、錢校同。姚校：「宋本『艻』作『芀』。」

[一五] 陳校：「注文『髟』字作『髮』。」按：諸本皆如此,疑是當時俗書。

[一六] 明州本、錢鈔「炤」字作「炤」。龐校、錢校同。姚校：「宋本『炤』作『炤』。」

[一七] 明州本、毛鈔、錢鈔注「裹」字作「裹」。龐校、錢校同。方校：「案：『裹』譌『裹』,據宋本及《説文》正。」姚校：「宋本『裹』作『裹』。」

[一八] 明州本、錢鈔「船」字作「船」。錢校同。姚校：「宋本作『船』。」

[一九] 明州本、錢鈔「鮉」字作「鮉」。錢校同。姚校：「宋本『鮉』作『鮉』。」

[二〇] 明州本、毛鈔、錢鈔注「耑」字作「端」。黄校、錢校同。姚校：「宋本『耑』作『端』。」

[二一] 方校：「案：卷五《中山經》作『族簡』。舊本『族』作『祑』,此从舊本而傳録者譌『祑』爲『祑』也。」

[二二] 明州本、錢鈔「齠」字作「齠」。錢校同。姚校：「宋本作『齠』。」

[二三] 方校：「案：此係新坿字,當从示作『祧』。」按：明州本、毛鈔、錢鈔「祧」字作「祧」。陳校、龐校、黄校、錢校同。

姚校：「宋本作『祧』。許云：『宜从示旁。』」

[二四] 方校：「案：句上《説文》有『一曰突也』四字,《類篇》不奪。」

[二五] 明州本、毛鈔、錢鈔注「厮」字作「斛」。龐校、黄校、錢校同。方校：「案：注『斛』譌从斤,據宋本正。」姚校：「宋本注『厮』作『斛』。韓校同。許云：『《爾雅》斛謂之疀。古田器也。知此文宜作斛。』」

[二六] 余校：「『愉』字作『偷』。」陳校：「汲古閣《説文》作『偷』。」

[二七] 龐校：「『条』、『肴』、『條』並从『攵』。」

[二八] 方校：「案：『苗』譌从田,據《説文》及《爾雅・釋艸》注正。」按：明州本、潭州本、金州本、毛鈔、錢鈔注「苗」字正作「苗」。陳校、龐校同。姚校：「段云：『苗宜作苗,與禾苗字从田不同。』」

[二九] 明州本、毛鈔、錢鈔注「持」字作「抒」。陸校、黄校、錢校同。又段校「桃」改「挑」。陸校同。方校：「案：『抒』譌『持』,『挑』譌『桃』,據宋本及《類篇》正。」姚校：「宋本『持』作『抒』。韓校同。段云：『宋作抒,是。桃當作挑。』」

[三〇] 方校：「案：此係新坿字。」

[三一] 明州本、錢鈔注「小」字作「禾」。黄校、錢校同。誤。潭州本、金州本、毛鈔作「小」,與《説文》合,當是。

[三二] 方校：「案：《類篇》『名』作『也』,二徐本同。今據正。」按：明州本、毛鈔、錢鈔注「名」字正作「也」。

[三三] 方校：「案：卷四《東山經》『鯈』字作『鯈』,注『末』譌『朱』,今正。」按：明州本、錢鈔注「朱」字作「末」。龐校、黄校作「末」。

[三四] 明州本、錢鈔注「鮎」字作「鮎」。誤。潭州本、金州本作「鮎」,毛鈔白塗作「鮎」。

[三五] 明州本、潭州本、金州本、毛鈔、錢鈔注「橈」字作「撓」。陳校、龐校、黄校、錢校同。姚校：「宋本『橈』作『撓』。韓校同。」

[三六] 明州本、毛鈔、錢鈔注「瞗」字作「瞗」。韓校、陳校、龐校、黄校、錢校同。方校：「案：『瞗』譌从目,據宋本及《廣韻》正。」

[三七] 方校：「案：『喨』譌『亮』,據《類篇》正。」

[三八] 明州本、金州本、毛鈔、錢鈔注「空」字作「空」。段校、陸校、龐校、黄校、錢校同。方校：「案：『空』譌『空』,據宋本正。」姚校：「宋本『空』作『空』。韓校同。」

[三九] 許校改「倉」。《類篇・長部》同。

[四〇] 方校：「案：『也』譌『作』,據《類篇》正。」

[四一] 方校：「案：《方言》三『慧』上有『知或謂之』四字,則『慧』當作『知』。」

［四二］明州本、潭州本、金州本、毛鈔、錢鈔注「目」字作「臣」。衛校、陳校、陸校、黄校、錢校同。丁校據《左傳》改「臣」。方校：「案：『臣』譌『目』，據宋本及《穀梁・僖三年傳》正。」姚校：「宋本『目』作『臣』。韓校同。」

［四三］方校：「案：『敹』當从《類篇》作『敹』。」

［四四］明州本、錢鈔注「胄」字作「謂」，潭州本、金州本、毛鈔作「胃」，並誤。

［四五］明州本、潭州本、金州本、毛鈔、錢鈔注「纏」字作「纒」。黄校同。

［四六］方校：「案：『軟』字俗，當从《類篇》作『輭』。」

［四七］明州本、錢鈔「清」字作「淸」。余校、陸校、龐校、黄校、錢校同。

［四八］方校：「案：卷十二《海内東經》『臯』字作『皋』。」

［四九］明州本、毛鈔、錢鈔注「獠」字作「獠」。龐校、黄校、錢校同。方校：案：「『獠』譌『獠』，據宋本及《釋天》正。」姚校：「宋本『獠』作『獠』。韓校同。」

［五〇］方校：「案：『蛁』譌『蝈』，據《說文》正。『蛁』，古『蛁』字。《類篇》从隸省作『蛁』。」按：《類篇》作「蛁」。莫校改「蛁」。

［五一］明州本、潭州本、金州本、毛鈔、錢鈔「痭」字作「痭」。黄校同。

［五二］明州本、潭州本、金州本、毛鈔、錢鈔注「井」字作「并」。段校、陳校、龐校、黄校、錢校同。方校：「案：『并』譌『井』，據宋本及《說文》正。『㛿』當从《類篇》作『㛿』。」姚校：「宋本『井』作『并』，是。余校、韓校並同。」

［五三］段校「鼻」字作「臯」。

［五四］吕校曰：「上遺『一』字。」莫校：「誤云遺『一』字。」

［五五］明州本、潭州本、金州本、錢鈔注「曰」字作「日」。陳校、龐校、黄校、錢校同。丁校據《說文》改「日」。方校：「案：『日』譌『曰』，據宋本及《說文・木部》正。『鳥首』，《類篇》、《韻會》引同。二徐本『首』作『頭』。」姚校：「宋本『曰』作『日』。韓校、余校並同。許云：『宜作日。』」毛鈔白塗改「曰」。

［五六］方校：「案：『倒首』之『倒』，大徐本及《類篇》作『到』爲是，今正。段氏校本『斷』作『斷』。」

［五七］方校：「案：二徐本『臬』竝作『臬』，宋本及《類篇》同。」

［五八］陳校：「《博雅》作『膘』，呼堯切。」方校：「案：《廣雅・釋詁二》『瘭』作『膘』。」

［五九］明州本、潭州本、金州本、毛鈔、錢鈔注「戟」字作「戟」。龐校同。方校：「案：宋本及《類篇》『戟』作『戟』，據字當作『榦』。」

［六〇］姚校：「凡从『臯』之字宋本並从『自』，余校並改『自』从『白』。」

［六一］方校：「案：《類篇》無『梟』字。『木』當作『朩』。」

［六二］陳校：「《博雅》作『顥』。」龐校、黄校、錢校同。《廣雅・釋詁一》「窔」作「顥」。

［六三］方校：「案：《玉篇》：『鄡陽，縣名，在豫章郡。』《廣韻》謂在鄱陽。此本《廣韻》。葢前、後《漢志》鄱陽、鄡陽二縣皆隸豫章，至孫吴始置鄱陽郡，晉唐宋因之。《玉篇》从《漢志》，《廣韻》及此書各从時制也。」

［六四］明州本、金州本、毛鈔、錢鈔注「細」字作「紃」。陳校、龐校、黄校、錢校同。方校：「案：『紃』譌『細』，據宋本及《說文》正。」姚校：「宋本『細』作『紃』。韓校、余校同。」

［六五］明州本、潭州本、金州本、毛鈔、錢鈔注「敫」字作「敫」。陳校、龐校、黄校、錢校同。姚校：「宋本『敫』作『敫』。」

［六六］明州本、毛鈔、錢鈔注「狁」字作「犺」。陳校、龐校、黄校、錢校同。方校：「案：『犺』譌从彳，據宋本及《廣雅・釋詁二》正。」姚校：「宋本『狁』作『犺』。」

［六七］姚校：「余校『成』作『生』。」方校：「案：『生』譌『成』，據《說文》正。」

［六八］明州本、錢鈔注「鱔」字作「鱃」。龐校、黄校、錢校同。毛鈔作「鮭」。方校：「案：《廣雅・釋魚》：『鱃、鰗、鰻，鰌也。』宋本『鱃』作『鮭』，亦誤。」姚校：「宋本作『鱃』。韓校作『鮭』。」陳校：「鱃、鰗、鰻，鰌也。見《博雅》。則注中『鰻』字當作『鰻』。」

［六九］余校「目」改从日。按：《類篇・宀部》正从日。

［七〇］明州本、毛鈔、錢鈔注「瞟」字作「瞟」。龐校、黄校、錢校同。方校：「案：『瞟』譌从目，據《玉篇》引《埤蒼》及《類篇》正。」姚校：「宋本作『瞟』。」

［七一］陳校：「《山海經》作『㺃』，『狗』作『豹』。」方校：「案：卷三《北山經》『犳』作『㺃』，『狗』作『豹』。《類篇》與此同。」

［七二］衛校：「《説文》从日。」陳校：「『古』『艮』字當作『㫚』，从日。」丁校：「《説文》从日，此承《廣韻》誤。」方校：「案：《説文・日部》作『㫚』，注『望遠』下有『合』字，此本《廣韻》。」

［七三］《説文》云急戾當爲「玅」字，在《弦部》。鉉音於霄切。

［七四］明州本、毛鈔、錢鈔注「恌」字作「㤝」。韓校、陳校、龐校、黄校、錢校同。方校：「案：『㤝』譌『恌』，據宋本及《説文》正。《類篇》正文譌『怢』，注文不誤。」姚校：「宋本『恌』作『㤝』，許云：『注宜作㤝，同正文。』」

［七五］毛鈔脱「藨」字上〇，其餘諸本皆有。

［七六］明州本、毛鈔、錢鈔「玕」字作「玕」。

［七七］方校：「案：《類篇》『褭』作『㲋』，誤。」

四宵

［一］潭州本、金州本、毛鈔注「冥」字作「冥」。龐校、黄校同。明州本、錢鈔注作「冥」。按：「冥」「冥」爲「冥」之誤。

［二］方校：「案：『雨』譌『兩』，據《説文》正。」按：明州本、毛鈔、錢鈔注「兩」字作「雨」。陳校、龐校、黄校、錢校同。姚校：「宋本『兩』作『雨』。」

［三］方校：「案：此係新坿字。」

［四］明州本、潭州本、金州本、毛鈔、錢鈔「䭾」字作「䭾」。龐校同。

［五］明州本、潭州本、金州本、毛鈔、錢鈔「纖」字作「纖」。黄校同。

［六］明州本、潭州本、金州本、錢鈔注「葥」字作「葥」。黄校同。

［七］明州本、錢鈔注「匕」字作「七」。誤。潭州本、金州本作「匕」。毛鈔白塗改「匕」。

［八］明州本、毛鈔、錢鈔注「帕」字作「帞」。龐校同。黄校：「不缺筆。」

［九］方校：「案：《類篇》『纱』作『紗』。」按：明州本、錢鈔「纱」字正作「紗」。龐校、黄校同。

［一〇］方校：「案：王校《廣雅・釋器下》『䘯』下補『謂之』二字，『䘯謂之袩』，『袿謂之褸』，『衩、袊、袥、裍，膝也』又爲句，此失其讀。『袿』作『袿』，『衩』作『衩』，亦誤。」按：明州本、毛鈔、錢鈔注「衩」字正作「衩」。陳校、龐校、黄校、錢校同。又明州本、錢鈔「袩」字作「袩」。龐校、黄校、錢校同。姚校：「宋本『袩』作『袩』，『衩』作『衩』，韓校亦作『衩』。」

［一一］明州本、毛鈔、錢鈔注「節」字作「鄭」。衛校、陳校、龐校、黄校、錢校同。丁校據《左傳》改「節」爲「鄭」。方校：「案：『鄭』譌『節』，據宋本及《左・襄七年經注》正。」姚校：「宋本『節』作『鄭』。」韓校同。段云：「『節宜作鄭。』」

［一二］明州本、毛鈔、錢鈔注「待」字作「持」。陳校、龐校、黄校、錢校同。方校：「案：『持』譌『待』，『褻』譌『蓺』，據宋本及《説文》正。」姚校：「宋本『待』作『持』。」韓校、余校並同。許云：「『待宜作持。』」段云：「『蓺宜作褻。』」陸校：「『蓺』作『褻』。」

［一三］明州本、錢鈔注「胄」字作「胄」。黄校同。誤。按：潭州本、金州本、毛鈔作「胄」。

［一四］明州本、錢鈔注「臬」字作「臬」。黄校同。誤。按：潭州本、金州本、毛鈔作「臬」。

［一五］方校：「案：『茰』譌『莄』，據《類篇》『茮』注正。『椒』注與此同誤。」按：明州本、毛鈔、錢鈔注「茮莄」作「茮茰」。陸校、龐校、黄校、錢校、莫校同。姚校：「宋本『莄』作『茰』。」

［一六］明州本、錢鈔注「菽」字作「菽」。黄校同。誤。按：潭州本、金州本、毛鈔作「菽」。

［一七］明州本、毛鈔、錢鈔注「収」字作「收」。龐校、黄校同。

［一八］潭州本、金州本、毛鈔「䧂」字作「𤋎」。韓校、陳校、陸校、龐校、黄校同。方校：「案：『𤋎』譌『䧂』，據宋本及《類篇》

正。」按：明州本、錢鈔作「樵」，誤。
[二〇]　方校：「案：汪氏云：《左傳·哀元年》『吴王夫差敗越于夫椒』，《史記·伍子胥傳》作『夫湫』。」
[二一]　明州本、毛鈔、錢鈔注「萩」字作「楚」。段校、陳校、陸校、龐校、黄校、錢校同。方校：「案：此見《穀梁·文九年》注。『楚』譌『萩』，據宋本及《類篇》正。」姚校：「宋本注『萩』作『楚』，是。韓校同。」
[二二]　余校「蕉」作「蕉」。董校：「並改『椎』，从木。」
[二三]　毛鈔注「郡」字作「郙」。衛校、陳校、陸校、龐校、黄校、錢校、莫校同。丁校據《漢書·地理志》改「郙」。方校：「案：『郙』譌『郡』，據宋本及《漢書·地理志注》正。」姚校：「宋本『郡』作『郙』。韓校同。」按：明州本、錢鈔作「那」，即「郙」之今字。潭州本、金州本「那」誤作「邪」。
[二四]　方校：「案：汪氏云：『《周禮·春官·董氏》釋文：燋，李音祖堯反。與此慈焦切有精、從之别。』」
[二五]　明州本、金州本注「軌」字作「軌」。顧校、龐校同，是。潭州本、毛鈔、錢鈔注作「軌」，誤。
[二六]　方校：「案：《類篇》同。卷五《中山經》『丞』作『烝』。」
[二七]　方校：「案：『輕車』譌『軺車』，據《類篇》正。」
[二八]　方校：「案：『祖』譌『祖』，據《類篇》正。」按：明州本、潭州本、金州本注「祖」字作「祖」。龐校、黄校、錢校同。《類篇》譌「祖」。姚校：「宋本『祖』作『祖』。許云：『《説文》、《玉篇》俱曰：帴也。帴注云：帬也，帔也。又祖，《説文》、《玉篇》俱云：事好也。此下云衣齊好，玩好義祖或是衣旁祖字，訓祖無義。』」
[二九]　明州本、毛鈔、錢鈔此字并注在「嶕」下「蕉」上。段校、陸校、龐校、黄校、錢校同。方校：「案：宋本在『嶕』下『蕉』上。汪氏云：焦音樵，《左傳·襄元年》徐仙民音。」姚校：「『焦』，宋本次『蕉』上。韓校同。」
[三〇]　陳校：「『㰐』當从木。」按：本書《小韻》：「㰐，俾小切，表也。《北史》『㰐其門閭』。」《類篇·木部》同，《手部》未見此字。
[三一]　方校：「案：《類篇》『疽』作『疽』，誤。」按：孫思邈《千金翼方·瘡癰下》：「瘭疽著手足肩背，累累如米起，色白，刮

之汁出，愈而復發。」「瘭疽」蓋皮膚急性化膿感染，作「疽」是。明州本、錢鈔注並作「疽」。姚校：「宋本『疽』作『疽』。《廣韻》注作『疽』，亦誤。」
[三二]　明州本、毛鈔、錢鈔注「田」字作「苗」。陳校、陸校、龐校、黄校、錢校同。方校：「案：『苗』譌『田』，據宋本及《類篇》正。」姚校：「宋本『田』作『苗』。韓校、余校同。」
[三三]　明州本、毛鈔、錢鈔注「旌」字作「旌」。按：潭州本、金州本作「旌」。
[三四]　方校：「案：『陸』下《類篇》有『曰』字，此與《釋魚》合。汪氏云：『𩶬，《釋文》方遥反，與此卑遥切有非、幫之别。』」
[三五]　明州本、潭州本、金州本、毛鈔、錢鈔「舆」字作「舆」。
[三六]　明州本、錢鈔注「潰」字作「潰」。龐校、黄校同。按：潭州本、金州本、毛鈔作「潰」，作「潰」是。陳校：「『潰』上增『欲』字。」方校：「案：《廣韻》及後紕招切本字注『潰』上有『欲』字，《類篇》無。」
[三七]　明州本、毛鈔、錢鈔注「列」字作「烈」。韓校、陳校、陸校、龐校、錢校同。方校：「案：『烈』譌『列』，據宋本及《類篇》正。」姚校：「宋本『列』作『烈』。」
[三八]　段校：「『洋』宜作『絜』。」衛校、丁校、莫校同。陳校：「『洋』作『絜』，亦可。」方校：「案：『絜』譌『洋』，據《類篇》及《史記·淮陰侯傳》『漂母』注正。」
[三九]　明州本、毛鈔、錢鈔注「杓」字作「杓」。
[四〇]　明州本、錢鈔「末」字作「末」。龐校、黄校同。誤。按：潭州本、金州本、毛鈔作「末」，與《説文》合，當是。
[四一]　陳校：「从囟。『覀』今作『票』。」按：明州本、毛鈔、錢鈔「舆」字作「舆」。龐校、黄校同。姚校：「宋本作『舆』。余校同。」
[四二]　方校：「案：《方言》十：『咈、𡈁，乾物也。』郭注：『或云𤓰。』」
[四三]　明州本、錢鈔注「彯」字作「漂」。黄校同。誤。潭州本、金州本、毛鈔作「彯」。
[四四]　方校：「案：當从二徐本作『嘌』。」按：明州本、毛鈔、錢鈔「嘌」字正作「嘌」，注同。龐校、黄校、錢校同。姚校：「宋

本作『嗅』。」

［四四］明州本、潭州本、金州本、毛鈔、錢鈔「稟」字作「稾」。汪校、龐校、黄校、錢校同。許校：「『稾』宜作『稟』。」又明州本、潭州本、金州本、錢鈔注「木」字作「大」。汪校參《豪韻》改作「大」。許校：「『木』宜作『大』。」方校：「案：《說文》『[illegible]』隸作『稟』。此下譌从禾。又『大』譌『木』，據宋本及《說文》正。」姚校：「宋本『稾』作『稟』，『木』作『大』。」韓校、余校並同。」

［四五］明州本、錢鈔注「末」字作「未」。陸校、莫校作「末」。按：作「末」與《莊子・庚桑楚》釋文引崔譔注同。

［四六］明州本、潭州本、金州本、毛鈔、錢鈔注「峰」字「峯」。黄校同。方校：「案：宋本『峰』作『峯』。」按：本韻卑遥切「嫖」字注亦作「峯」，下有「出兒」二字。

［四七］明州本、錢鈔「瓢」字作「瓢」。龐校、黄校、錢校同。方校：「案：『瓢』譌『瓢』，注并譌『瓢』。據《說文》正。蓋从瓠省，㬇聲也。《類篇》亦誤。」姚校：「『瓢』，宋本作『瓢』。」

［四八］明州本、潭州本、金州本、毛鈔、錢鈔「稟」字作「稟」。又明州本、毛鈔、錢鈔注「稾」字作「稾」。龐校、黄校、錢校同。方校：「案：『稟』譌从禾，注『稾』譌从豪。據宋本及《說文》正。又『匋省』下《說文》有『聲』字。段氏校本作『缶聲』。」姚校：「宋本『稟』作『稟』，注『稾』作『稾』。韓校、余校並同。許云：『稾宜作稾。』」

［四九］陳校：「『蚩』《廣韻》作『蜱』。」

［五〇］明州本、毛鈔、錢鈔正文及注「䕯」字作「䕯」，注「䤬」字作「䤬」。陸校、龐校、黄校、錢校同。方校：「案：『䕯䤬』譌『䕯䤬』，據宋本及《類篇》正。」姚校：「宋本『䤬』作『䤬』。韓校同。許云：『宜作䤬。』」

［五一］明州本、毛鈔、錢鈔注「挑」字作「桃」。衛校、陳校、陸校、龐校、黄校、錢校同。方校：「案：『桃』譌『挑』，據宋本及《爾雅・釋鳥》注正。『或』當从《類篇》作『亦』。」姚校：「宋本『挑』作『桃』。韓校同。」

［五二］董校：「『奥』改作『㬇』。」方校：「案：『㬇』譌『奥』，《類篇》同。據《周禮・地官・艸人》釋文正。『脆』當作『脃』。」

［五三］明州本、潭州本、金州本、毛鈔、錢鈔注「苕」字作「芀」。陸校、龐校、黄校、錢校、莫校同。方校：「案：『芀』譌『苕』。

據宋本及《爾雅・釋艸》正。」姚校：「宋本『苕』作『芀』。韓校同。」

［五四］方校：「汪氏云：『釋文：貓，亡朝反。與此眉鑣切有微、明之别。』」

［五五］明州本、潭州本、金州本、毛鈔、錢鈔注「竊」字作「竊」。黄校同。

［五六］明州本、毛鈔、錢鈔注「鼠」字作「鼠」。錢校同。

［五七］明州本、錢鈔注「菅」字作「管」。黄校同。按：潭州本、金州本、毛鈔作「菅」。

［五八］引《易》見《泰卦》，文云：「初九，拔茅茹，以其彙，征吉。」此「連」字當爲衍文。

［五九］方校：「案：《說文・弓部》：『弨，弓便利也。讀若燒。』此及《廣韻》燒紐失收。」按：《說文・弓部》作「彇」。

［六〇］余校：「『爇』作『爇』。」

［六一］明州本、毛鈔「繇」字作「繇」。陳校、龐校、黄校、莫校、錢校同。方校：「案：『繇』譌『繇』，後餘招切又譌『繇』，據宋本及《說文》正。」姚校：「宋本『繇』作『繇』。」

［六二］明州本、錢鈔注「蚩」字作「蚩」。錢校同。姚校：「宋本『蚩』作『蚩』，是。」

［六三］明州本、毛鈔、錢鈔「袑」字作「袑」，注同。顧校、韓校、陸校、黄校同。方校：「案：《類篇》『袑』入《示部》，宋本从衣作『袑』，誤。」按：《莊子・天運》作「巫咸祒」。

［六四］段校：「『曰』宜作『日』。」陸校同。

［六五］方校：「案：二徐本『也』竝作『皃』。此書後文時饒切訔『摇』字，亦非。」

［六六］余校：「『莫』作『膜』。」方校：「案：《禮記・内則》注『莫』作『膜』。」

［六七］方校：「案：『穆』當作『穆』。『卲』當作『卲』。嚴氏云：『卲即卲字。此『卲』、『卲』重出，非是。』」按：毛鈔、錢鈔注「卲」字作「卲」。黄校同。段校：「『卲』即『卲』字。」

［六八］明州本、毛鈔、錢鈔「䋄」字作「䋄」。又明州本、潭州本、金州本、毛鈔、錢鈔注「卩」作「卪」。龐校、黄校、錢校同。方校：「案：《說文・巴部》『䋄，擫擊也』。此注『巴』作『卩』，宋本作『㔾』，竝誤。」姚校：「『䋄』从卪，宋本作『䋄』，

『卩』作『卪』，是。余校『䏴』同宋本。」

〔六九〕陳校：「《類篇》从片。」方校：「案：《類篇》『沼』作『昭』。」

〔七〇〕曹本「袟」字作「袟」。潭州本同。明州本、金州本、毛鈔、錢鈔注作「袟」。陸校、龐校、黄校、錢校同。方校：「案：『袟』譌从失，《類篇》又譌从夬，據宋本正。又《禮・少儀》『加夫襓與劍焉』，注：『夫襓，劍衣也。』『夫』不从衣，《廣雅・釋器下》同。」姚校：「宋本『袟』作『袟』。段云：『宜作袟。』」

〔七一〕方校：「案：『㰟』譌『𢤱』，下『瓔』譌『瓔』，據《説文》、《類篇》正。」按：明州本、毛鈔、錢鈔『𢤱』字作『㰟』。龐校、黄校、錢校同。姚校：「宋本『𢤱』作『㰟』。」

〔七二〕明州本、潭州本、金州本、毛鈔、錢鈔注「伏」字作「伏」。

〔七三〕明州本、錢鈔注「菁」字作「箐」。黄校同。按：潭州本、金州本、毛鈔注作「菁」，與《方言》第三合。

〔七四〕方校：「案：《方言》三『齊』上有『魯』字，下有『之間』二字。《類篇》并無『齊』字。」

〔七五〕明州本、毛鈔、錢鈔「瓔」字作「瓔」。錢校同。姚校：「宋本『瓔』作『瓔』。」按：方校同。參見前〔七一〕校语。

〔七六〕明州本、錢鈔注「沈」字作「沉」。黄校同。按：作爲姓氏當作「沈」。

〔七七〕方校：「案：《説文》『𧌒』作『𩊚』。隸『朝』左下不从十，右不从月，今竝校正。」

〔七八〕明州本、毛鈔、錢鈔「鼂」字作「鼂」。韓校、龐校、黄校、錢校同。又注「社」字作「杜」。陳校、龐校、黄校、錢校同。方校：「案：宋本及《説文》鼂作『鼂』，段氏據此正。注『社』當作『杜』。」姚校：「宋本『鼂』作『鼂』，『社』作『杜』，是。」

〔七九〕方校：「案：《類篇》同。二徐『𦩎』止作『朝』。」

〔八〇〕方校：「汪氏云：『《爾雅・釋畜》：犬絶有力，狣。專屬犬説。』」

〔八一〕姚校：「段云：『此㹻不得馳遥切。』」某氏校：「嚴云：『㹻不得有馳遥切。』」方校：「案：《廣韻》『㹻』亦有渠遥切一音，此音馳遥切。馳，徹母；渠，溪母。」按：「馳」在澄母，「渠」在羣母。方氏誤。

〔八二〕明州本、毛鈔、錢鈔「㑾」字作「㑾」。陳校、龐校、黄校、錢校同。方校：「案：『㑾』上譌从夕，據宋本及《説文》正。」姚校：「宋本『㑾』作『㑾』。」

〔八三〕方校：「汪氏云：『《説文》作䌛。臣鉉曰：今俗从𡧓，此當以䌛爲正。』」

〔八四〕陳校：「『歈』字作『歈』。諸本皆譌。」按：作「歈」與《説文・欠部》合。

〔八五〕明州本、潭州本、金州本、毛鈔、錢鈔「窰」字作「窯」。汪校、黄校、錢校同。姚校：「宋本『窰』作『窯』。」

〔八六〕明州本、毛鈔、錢鈔「蘨」、「蘨」二字作「蘨」、「蘨」。黄校同。姚校：「宋本『蘨』、『蘨』作『蘨』、『蘨』。」按：潭州本、金州本作「蘨」、「蘨」。

〔八七〕明州本、毛鈔、錢鈔「鰩」字作「鰩」，注同。黄校、錢校同。姚校：「宋本『鰩』作『鰩』。」

〔八八〕方校：「案：卷二《西山經》『灌』作『觀』。《吕覽・本味》作『藋』。劉逵《吴都賦》注又引作『濩』。『鰩魚』上《經》有『文』字。」

〔八九〕明州本、毛鈔、錢鈔「䚻」、「謡」作「䚻」、「謠」。錢校同。方校：「案：《説文》『䚻』从言、肉，凡偏旁从『䚻』、从『䍃』者，皆从夕，不从夕，亦不从爪，宋本俱不誤。」姚校：「宋本『䚻』、『謡』作『䚻』、『謠』。」按：潭州本、金州本作『䚻』、「謠」。

〔九〇〕明州本、潭州本、金州本、毛鈔、錢鈔「瘮」字作「瘮」，注同。龐校、錢校同。姚校：「宋本『瘮』作『瘮』。」陳校：「《廣韻》作『瘮』，譌。當作『瘮』，从疒，皋聲。『睪』，俗『皐』字。」

〔九一〕方校：「案：『䌛』譌『繇』，據二徐本正。重文亦當作『䍃』。」

〔九二〕陳校：「『山』字作『木』。《廣韻》、《玉篇》俱云：『榣，木名。』」按：邵瑛《説文解字羣經正字》：「『榣』字於經典少見，惟《國語・晉語》：『榣木不生危。』韋昭注：『榣木，大木也。』」

〔九三〕方校：「案：二徐本及《類篇》同。段氏改『玉』爲『石』。」

〔九四〕明州本、毛鈔、錢鈔注「簿」字作「薄」。陸校、龐校、黄校、錢校同。方校：「案：『薄』譌从竹，據宋本及《釋宫》正。」姚校：「宋本『簿』作『薄』。韓校同。」

[九五] 明州本、金州本、毛鈔、錢鈔注「挑」字作「桃」。段校、衛校、龐校、黄校、錢校同。方校：「案：『桃』譌『挑』，據宋本及《爾雅·釋艸》正。」姚校：「余校『挑』作『桃』。韓校同。」

[九六] 明州本、潭州本、金州本、毛鈔、錢鈔注「麥」字作「麦」。龐校同。

[九七] 方校：「案：《方言》十三『姚娧』，舊本誤作『朓説』，盧氏據《廣雅·釋詁一》正。」

[九八] 明州本、錢鈔注「甲」字作「用」。黄校同。誤。潭州本、金州本、毛鈔作「甲」。

[九九] 明州本、潭州本、金州本、毛鈔、錢鈔「�」字作「匥」。黄校、錢校同。姚校：「宋本『匥』作『匥』。」

[一〇〇] 明州本、潭州本、金州本、毛鈔、錢鈔注「臼」字作「臼」。錢校同。丁校據《説文》改「臼」。方校：「案：『臼』譌『臼』，據宋本及《説文》正。『㬰』舊作『[illegible]』，段氏校本作『[illegible]』，此作『㬰』，非是。」姚校：「宋本『臼』作『臼』。韓校同。」

[一〇一] 明州本、潭州本、金州本、毛鈔、錢鈔注「欅」字作「襷」。陳校、陸校、龐校、黄校、莫校、錢校同。方校：「案：『襷』譌从木，據宋本及《玉篇》正。」姚校：「宋本『欅』作『襷』，从衣，是。韓校同。」

[一〇二] 方校：「案：卷五《中山經》『名』作『鳴』。《類篇》『鸈』注不誤。」

[一〇三] 方校：「案：《類篇》『署』作『要』，『要』古『署』字。」

[一〇四] 衛校：「『蛵』字作『虾』。」陳校：「『蛵』，《爾雅》作『蚻』，或作『茮』，又作『虾』。」丁校：「《説文》作『虾』，《爾雅》作『蚻』，《詩傳》作『茈茮』。」方校：「案：『虾』譌『蛵』。據《説文》正。」

[一〇五] 潭州本、金州本注「鴂」字作「鳺」。余校、陳校、龐校、黄校、錢校同。方校：「案：『鳺』譌『鴂』，據宋本及《説文》正。」姚校：「宋本『鴂』作『鳺』。韓校同。影宋本作『鳺』，誤，段云：『宜作鳺。』」按：明州本、錢鈔誤作「鳺」。

[一〇六] 方校：「案：《説文·夭部》：『夭，屈也。』凡偏旁从『夭』者作『夭』，竝非。」

[一〇七] 明州本、毛鈔、錢鈔注「鍚」字作「錫」。龐校、黄校同。誤。潭州本、金州本作「鍚」，與《類篇》同。

[一〇八] 明州本、錢鈔注「紉」字作「絇」。龐校、黄校、錢校同。姚校：「宋本『紉』作『絇』。」按：毛鈔白塗改「紉」，底本似爲「絇」字。

[一〇九] 方校：「案：『轂』下奪『雖』字，據《説文》及《考工記·輪人》文正。」

[一一〇] 方校：「案：『僫』譌『侄』，據《説文》、《類篇》正。宋本作『偣』，亦誤。」按：明州本、毛鈔、錢鈔「侄」字作「侄」。龐校、黄校、錢校同。姚校：「宋本『侄』作『侄』。余校作『慅』。」方氏云宋本作「偣」，不知何據。

[一一一] 明州本、毛鈔注「莤」字作「茜」。陳校、丁校、陸校、龐校、黄校、錢校同。衛校作「蒞」。方校：「案：『茜』譌『莤』，據宋本及《説文》正。」姚校：「宋本『莤』作『茜』，是。韓校、余校同。」

[一一二] 明州本、金州本、毛鈔、錢鈔注「紐」字作「紐」。韓校、陳校、龐校、黄校、錢校同。方校：「案：『紐』譌『紐』，據宋本及《説文》正。」

[一一三] 陳校：「『牡』作『壯』。」方校：「案：『壯』譌『牡』，據《類篇》正。」姚校：「韓校『牡』作『壯』。余校同。」

[一一四] 丁校：「《毛詩》無此句，王氏以爲《皇皇者華》文。」方校：「案：《詩·皇華》釋文：『駒本亦作驕。』」

[一一五] 明州本、錢鈔注「矜」字作「矜」。黄校同。非是。按：潭州本、金州本、毛鈔作「矜」。

[一一六] 方校：「案：《韻會》『塗山』下有『氏』字，《類篇》無。」某氏校：「汪氏以《韻會》校增。」

[一一七] 明州本、潭州本、金州本、毛鈔、錢鈔注「壺」字作「壼」。黄校同。

[一一八] 明州本、毛鈔、錢鈔此字并注在「撟」上「簥」下。段校、陸校、方校、龐校、黄校同。姚校：「宋本次『撟』前。韓校同。」

[一一九] 明州本、錢鈔注無「曰」字。黄校同。按：《爾雅·釋山》無「曰」字。

[一二〇] 方校：「案：《説文》『著』作『箸』。」

[一二一] 明州本、潭州本、金州本、毛鈔、錢鈔注「犬」字作「大」。陳校、龐校、黄校、錢校同。方校：「案：『大』譌『犬』，據宋本及《爾雅·釋樂》正。」姚校：「宋本『犬』作『大』。韓校同。許云：『宜作大。』」按：本韻虛嬌切「響」字注亦作

「大」，與《廣韻》合。

[一二二] 方校：「汪氏云：『袁驕見《公羊・僖四年》釋文。』」

[一二三] 《玉篇・口部》：「噭，丘遥、渠堯二切，《埤蒼》：不知是誰也。」此脱「是」字。

[一二四] 方校：「案：《類篇》『相』作『稍』，誤。」按：明州本、錢鈔注「相」字作「稍」。龐校、黄校、錢校同。《類篇・毛部》：「毦，思邀切。毦毦，鳥尾翹毛也。」又：「稍妖切，毦毦，毾毹也。」作「稍」不誤。

五爻

[一] 方校：「案：《説文》訓憭者，从交，作『佼』，音居肴切。此作『佼』，音爻，誤。許書《心部》無『佼』字。《玉篇》胡交切，快也。《廣韻》胡茅切，義同。」

[二] 明州本、錢鈔注「㺧」字作「㺧」。龐校、黄校、錢校同。毛鈔白塗改「㺧」，姚校：「宋本『㺧』作『㺧』。」

[三] 明州本、金州本、毛鈔、錢鈔注「校」字作「杖」。陳校、龐校、黄校、錢校同。方校：「案：『杖』譌『校』，據宋本及《類篇》正。」姚校：「宋本『校』作『杖』。」韓校、余校竝同。段云：「『椕宜作檪。』鈕云：『檪恐與何交切不合。』呂云：『作檪爲是。』《説文》：『椕，槌之横者也，關西謂之檪。从木，𢍺聲。』徐曰：『宜从胼省。』《方言》：『自關而西謂之槌，其横者謂之椕。齊謂之梼，梼或作梇。』即注所謂蠶梇也。《説文》：『梼，槌也。關西謂之梼。』徐氏以爲架蠶薄之木杖，『杖』乃『校』之誤，『校』本从攴，非从文字。」

[四] 方校：「案：《説文・子部》大徐本『放』作『效』。此與《類篇》竝从小徐。」

[五] 方校：「案：『交』譌『友』，《類篇》同。據《篇》、《韻》及《廣雅・釋宫》正。」

[六] 金州本「矜」字作「矝」，誤。

[七] 明州本、錢鈔注「膠」下有「嘐」字。龐校、黄校同。

[八] 明州本、金州本、毛鈔、錢鈔注「糾」字作「糾」。陳校、龐校、黄校、錢校同。方校：「案：『糾』譌『糾』，據宋本及《禮・王制》『東膠』注正。」姚校：「宋本『糾』作『糾』。」余校、韓校同。」

[九] 方校：「案：『芁』譌从凡，據《類篇》及本文正。」按：明州本、金州本、毛鈔、錢鈔注「芁」字正作「芁」。段校、衛校、陳校、陸校、龐校、黄校、錢校同。姚校：「宋本『芁』作『芁』。」

[一〇] 方校：案：「『蕲』下二徐本竝有『艸』字。」

[一一] 明州本、潭州本、金州本、毛鈔、錢鈔注「侯」字竝作「矦」。

[一二] 方校：「案：『横』譌从手，據《説文》正。」按：明州本、毛鈔、錢鈔注「撗」字正作「横」。陳校、龐校、黄校、錢校同。姚校：「宋本『撗』作『横』。」韓校同。」

[一三] 方校：「案：『瞜』譌从月，據《類篇》正。」按：明州本、錢鈔「膠」字作「瞜」，注同。陳校、龐校、黄校、錢校同。姚校：「宋本作『瞜』。」

[一四] 方校：「案：『忺』譌从木，據《廣韻》、《類篇》正。」按：明州本、潭州本、金州本、毛鈔注「枒」字作「忺」。陳校、龐校、黄校、錢校同。姚校：「宋本『枒』作『忺』。下牛交切字亦作『忺』。」

[一五] 方校：「案：《廣韻》作『城名』，謂在今濟州，出《音譜》。」姚校：「韓校、余校俱作『城名』。」

[一六] 陳校：「『贅』當作『顱』。」又：「贅當从頁，見本韻牛交切上注。」方校：「案：《玉篇》『贅』作『薄』，《廣韻》、《類篇》丘交切作『顱』，『不媚』上有『頭』字。此與牛交切『贅』注同。」

[一七] 方校：「案：『叫』譌『丩』，據《類篇》正。」按：明州本、潭州本、金州本、毛鈔、錢鈔注「丩」字正作「叫」。陳校同。姚校：「宋本『丩』作『叫』。」韓校同。」

[一八] 明州本、毛鈔、錢鈔注「迅」上有「奮」字。龐校、黄校、錢校同。方校：「案：『迅』上奪『奮』字，據宋本及《類篇》補。」

[一九] 方校：「案：『炰烋』譌『烋烋』，據《類篇》正。」按：明州本、錢鈔注「烋烋」作「炰烋」。陳校、龐校、黄校、錢校同。姚

校：「宋本上『怸』字作『怸』。」

[二〇]　明州本、毛鈔、錢鈔注「宂」字作「穴」。黃校同。

[二一]　明州本、潭州本、金州本、錢鈔注「熱」字作「熱」。顧校、黃校同。

[二二]　方校：「案：『獶』譌『獿』，據小徐本正。大徐本及《類篇》止作『獶』。」

[二三]　方校：「案：『瞜』譌从月，據《類篇》正。」按：按：明州本、錢鈔注「膠」字作「瞜」。龐校、黃校、錢校同。姚校：「宋本『膠』作『瞜』。」

[二四]　陳校：「『梎』，《廣韻》作『枹，枹桐，鐮柄也』。《玉篇》作『枹』，从皀。」方校：「案：『梎』譌『梎』。據《類篇》正。」

[二五]　按：「贅」未見與「頦」連用訓不媚者。陳校：「『贅』疑从頁作『贅』，同『顤』。」

[二六]　陳校：「『嶤』，《博雅》作『嶤』，音堯，捽也。」方校：「案：嶤，捽也。見《廣雅・釋詁三》，此未見。」

[二七]　方校：「案：二徐本『姙』作『妊』，《類篇》同。今據正。」

[二八]　方校：「案：『生皃』，《說文・包部》及《類篇》竝作『皃生』。《韻會》引與此同。」

[二九]　明州本、潭州本、金州本、毛鈔、錢鈔注「笣」字作「苞」。韓校、龐校、黃校同。方校：「案：『苞』譌从竹，據宋本正。」姚校：「宋本作『苞』。」

[三〇]　明州本、潭州本、金州本、毛鈔、錢鈔注「笳」字作「荔」。陳校、陸校、龐校、黃校、錢校同。方校：「案：《漢書・地理志》荔浦縣隸蒼梧郡。此譌『笳』，據宋本及《類篇》正。」姚校：「宋本作『荔浦』。韓校同。余校作『荔蒲』。影宋本『笳』作『荔』，是。」

[三一]　明州本、毛鈔、錢鈔注「姓也」作「地名」。陳校、龐校、黃校同。方校：「案：『地名』譌『姓也』。據宋本及《類篇》正。」姚校：「宋本『姓也』作『地名』。余校、韓校同。」按：作「地名」與《說文・邑部》「郇」篆合，下文披交切「郇」字即訓地名。

[三二]　明州本、潭州本、金州本、毛鈔、錢鈔「胞」字上有圈。韓校、龐校、黃校同。方校：「案：『胞』上失圈隔，據宋本補。」姚

校：「『胞』上余云：『當有圈。』」

[三三]　方校：「案：『抛』譌『抛』，據《類篇》及《字鑑》正。重文『𢿱』，《類篇》作『𢿱』，入《攴部》。」

[三四]　方校：「案：『苮』譌『苮』，據《類篇》正。」

[三五]　明州本、錢鈔注「廚」字作「廚」。龐校、黃校同。按：「廚」，俗字。

[三六]　姚校：「吕云：『毛上遺合字。』許云：『據《說文》，毛上無合字。引《說文》仍當从《說文》，校誤。』」又按：明州本、錢鈔注「炙」字作「炙」。黃校同。

[三七]　方校：「案：『麭』當作『麭』，《說文》『桼』訓木汁，上不从夾。《類篇》亦誤。」按：明州本「麭」字正作「麭」，注「桼」字作「桼」。龐校、黃校、錢校同。姚校：「宋本『麭』作『麭』，『桼』作『桼』。」

[三八]　明州本、潭州本、金州本、毛鈔、錢鈔注「䴠」字作「䴠」。龐校、黃校、錢校同。姚校：「宋本『䴠』作『䴠』。」

[三九]　方校：「案：《廣韻》『䐹』下有『下』字。」按：有「下」字與《山海經・北山經》合。

[四〇]　明州本、潭州本、金州本、毛鈔、錢鈔注「鏇」字作「鏇」。段校、韓校、龐校、黃校、錢校同。方校：「案：『鏇』譌『鏇』，據宋本及《爾雅・釋器》釋文正。」姚校：「宋本『鏇』作『鏇』。」

[四一]　明州本、毛鈔、錢鈔注「軨」字作「軫」。段校、韓校、陸校、龐校、黃校、錢校同。陳校：「『軨』作『軫』，見《類篇》。」

[四二]　方校：「案：『軫』譌『軨』，據宋本及《廣韻》正。」姚校：「宋本『軨』作『軫』。」

[四三]　余校：「『公』並从『九』。」

[四四]　明州本、潭州本、金州本、毛鈔、錢鈔注無「輕言」之「言」字。余校、黃校、錢校同。方校：「案：『言』字衍，據宋本及《方言》刪。」姚校：「宋本無『言』字。韓校同。」

[四五]　方校：「案：『麋』譌从麻，據《釋器》正。」按：明州本、潭州本、金州本、毛鈔、錢鈔注「麋」字正作「麋」。段校、陳校、陸校、龐校、黃校、錢校同。

余校：「按：《說文》無『有』字。」方校：「案：『有』字衍，據《說文》刪。《說文》補音犛，里之切；氂，莫交切；㹈，

洛哀切；髦，莫袍切：竝非一字。」按：方校容有未當。「髦」音莫袍切與謨交切，莫交切音同用字異，「犛」、「氂」均有此音。《漢書·司馬相如傳》：「其獸則庸旄貘犛，沈牛麈麋。」顏注：「犛牛即今之貓牛者也。犛字又音茅。」《莊子·逍遥遊》：「今夫斄牛，其大若垂天之雲。」成疏：「斄牛猶旄牛也，出西南夷。」

［四六］方校：「案：《方言》十一：『蜩蟧謂之蓋蜩。』郭注：『江東呼爲蓋蟿，蓋蟬屬也。』《說文》作『蟊』，訓蠿蟊者乃作网蛛蟊。竝非一類，不宜牽混爲一。又『蠿』譌『蠿』，『蟿』譌『蟄』，今竝訂正。」按：明州本、毛鈔、錢鈔注「蠿」字正作「蠿」，「蟄」字作「蟿」。龐校、黃校、錢校同。姚校：「宋本『蠿』作『蠿』，『蟄』作『蟿』。韓校『蠿』同宋本。」金州本「蠿」字作「蠿」。

［四七］方校：「案：『昴』譌『昂』，《類篇》又譌『昪』，據《說文》正。惠定宇謂當从『丣』。」丁校據《說文》作「昴」。

［四八］明州本、毛鈔、錢鈔注「宿」字作「宿」。黃校同。

［四九］方校：「案：二徐本『而』作『巳』。」姚校：「韓校『而』作『巳』。」余校同。

［五〇］方校：「案：『稍』譌『稍』，據《廣雅·釋地》正。」

［五一］明州本、潭州本、金州本、毛鈔、錢鈔注「箱」字作「箾」，「外」字作「升」。陳校、龐校、黃校、錢校同。方校：「案：『箾』譌『箱』，『升』譌『外』，據宋本及《說文》正。」姚校：「宋本『箱』作『箾』。韓校、余校同。」又：「宋本『外』作『升』。余校、韓校同。許云：『箱宜作箾，外宜作升。』」衛校「外」字作「升」。

［五二］方校：「案：《類篇》『竦』作『聳』，音義同。」

［五三］明州本、毛鈔、錢鈔「浚」字作「浚」。段校、韓校、龐校、黃校、錢校同。方校：「案：『浚』譌『浚』，據宋本及《類篇》正。」姚校：「宋本『浚』作『浚』。」

［五四］明州本、毛鈔「𧬘」字作「𧬘」。黃校：「从『巢』之字俱同。」姚校：「『巢』，宋本作『巢』。凡『巢』旁並从臼。韓校同。」

［五五］方校：「案：『以』當依《類篇》作『从』。存『从力』二字吕别於『从刀』之『勦』，猶《門部》字云『从門』吕别於『从門』者耳。」姚校：「段云：『以』宜作『从』。」

［五六］姚校：「余校：『匕』宜作『也』。」

［五七］明州本、潭州本、金州本、毛鈔、錢鈔注「搔」字作「搔」。龐校同。

［五八］按：依注字當作「鏁」。

［五九］明州本、毛鈔、錢鈔注「宂」字作「穴」。

［六〇］明州本、毛鈔「巢」字作「巢」。段校：「宋本凡『巢』皆从臼。」方校：「案：當作『巢』。凡偏旁从『巢』者，宋本皆不誤。」黃校：「『巢』並从臼。」

［六一］明州本、毛鈔「轈」字作「轈」。龐校、黃校、錢校同。方校：「案：『轈』譌『轈』，據宋本及《韻會》正。《類篇》作『轈』，尤誤。」姚校：「宋本『轈』作『轈』。」

［六二］余校「窼」改「窼」。

［六三］明州本、潭州本、金州本、毛鈔、錢鈔注「麥」字作「麥」。

［六四］明州本、錢鈔注「謯」字作「詎」。黃校同。按：潭州本、金州本、毛鈔作「謯」。

［六五］方校：「案：『偹』譌『偹』，據《類篇》及後六《豪》他刀切正。」按：明州本、潭州本、金州本、毛鈔、錢鈔「偹」字正作「偹」。顧氏重修本已正。

［六六］明州本、潭州本、金州本、毛鈔、錢鈔注「熱」字作「熱」，與《類篇》同。

［六七］明州本、潭州本、金州本、毛鈔、錢鈔「窌」字作「窌」。黃校、錢校同。姚校：「宋本『窌』作『窌』。」

［六八］陳校：「《類篇》又从穴，作『寥』，義同。」方校：「案：『寥』，《類篇》作『寥』，入《穴部》，當據正。」

［六九］明州本、毛鈔、錢鈔注「獿」字作「獿」。

［七〇］方校：「案：『惛』譌『恨』，據《說文》正。《類篇》作『惛』。段氏校本依《詩·民勞》作『怋』。」按：明州本、潭州本、金州本、毛鈔、錢鈔注「恨」字作「怋」。韓校、陸校、龐校、黃校、錢校同。姚校：「宋本『恨』作『怋』。余校作『惛』。」衛校、陳校作「惛」。丁校據《說文》改「惛」。

[七一] 方校：「案：『菁』譌从精，據《類篇》正。」
[七二] 明州本、潭州本、金州本、毛鈔、錢鈔注「熱」字作「熱」，黄校同。

六豪

[一] 明州本、毛鈔、錢鈔注「鼉」字作「鬣」。龐校、黄校、錢校同。姚校：「宋本『鼉』作『鬣』。韓校同。」方校：「案：《説文》『豪』作『𧰼』。注『鬣』譌『鼉』，據宋本正。」
[二] 方校：「汪氏云：『《漢書・高帝紀》服虔注告音嗥呼之嗥。』」
[三] 明州本、潭州本、金州本、毛鈔、錢鈔凡从「皐」之字並作「皐」。龐校、黄校、錢校、姚校同。
[四] 明州本、潭州本、金州本、毛鈔、錢鈔注「洧」字作「淯」。陳校、龐校、黄校、錢校同。方校：「案：『淯』譌『洧』，據宋本及《類篇》正。《漢書・地理志》止作『育』。」姚校：「宋本『洧』作『淯』。韓校、余校同。許云：『洧是淯之譌。』」
[五] 明州本、毛鈔、錢鈔注「弘」字作「弖」。龐校、黄校同。方校：「案：宋本『弘』作『弖』。姚校同。」
[六] 明州本、潭州本、金州本、毛鈔、錢鈔注「顛」字作「顚」。陳校、龐校、黄校、錢校同。方校：「案：『顚』譌『顛』，據宋本及《廣韻》正。」姚校：「宋本『顛』作『顚』。韓校同。許云：『據下高下顛注顚顛，又後刀下顚注顚顛，此顛字疑爲顚字之譌。』」
[七] 姚校：「『韓校『里』下有『也』字。余校同。」
[八] 方校：「案：《説文》止作『尻』，此『屍』譌『屍』，據《類篇》正。」按：明州本、毛鈔注「屍」字正作「屍」。龐校、黄校同。
[九] 方校：「案：『皐』、『非』，大徐本同，小徐本作『皋』、『夲』爲是。『氣』、『歌』竝作『气』、『訶』，當據正。」
[一〇] 明州本、毛鈔、錢鈔注「皃」字作「也」。龐校、黄校同。姚校：「宋本『皃』作『也』。」

[一一] 余校「悴」作「悴」。方校：「案：『悴』譌『悴』，『局』下奪『也』字，《類篇》同，據《廣韻》補正。」
[一二] 明州本、錢鈔注「肥」字作「肥」。黄校同。與《説文》合。
[一三] 方校：「案：文見《廣雅・釋器下》，上文『孰食謂之餕饔』，本文『餱、饙、飴、餣、飢，餌也』。此失其讀。」
[一四] 明州本、錢鈔注「米」字作「木」。黄校同。誤。按：潭州本、金州本、毛鈔作「米」。
[一五] 方校：「案：『槖』譌『櫜』，據二徐本正。」
[一六] 方校：「案：『木』譌『大』，據《類篇》正。」按：明州本、潭州本、金州本、毛鈔、錢鈔注「大」字正作「木」。陳校、黄校、錢校同。姚校：「宋本『大』作『木』。余校同。」
[一七] 方校：「案：《方言》八：『鶻鳴，自關而西秦隴之内謂之鶻鳴。鳩，自關而東周鄭之郊韓魏之都謂之鵖鷎。』此與《類篇》同誤。」
[一八] 明州本、錢鈔注「鵖」字作「鵖」，誤。潭州本、金州本、毛鈔作「鵖」。
[一九] 方校：「案：『麃』譌『麀』，《類篇》同。《類篇》并譌『牡』爲『牝』，據《爾雅・釋獸》正。」
[二〇] 按：本韻呼刀切「顛」字及都勞切、徒刀切「顚」字注均作「顚顛」，《廣韻》同。疑此誤。「面大」亦當作「大面」，下脱「皃」字。
[二一] 方校：「案：『燶』譌从麃，據《廣韻》、《類篇》正。」按：諸本並作「爊」。陳校：「『爊』，《廣韻》作『爊』，同。」可不改。
[二二] 丁校：「《説文》从金、麀聲，與訓馬銜之字从金、麃聲者不同，此誤。」按：明州本、毛鈔、錢鈔「鑣」字作「鑣」。陳校、龐校、黄校、錢校同。方校：「案：『鑣』譌从麃，據宋本及《説文》正。」姚校：「宋本『鑣』作『鑣』。余校、韓校同。」
[二三] 明州本、毛鈔、錢鈔注「令」字作「合」。陳校、陸校、龐校、黄校同。方校：「案：『合』譌『令』，據宋本及《漢書》本傳正。」姚校：「宋本『令』作『合』。韓校同。」
[二四] 方校：「案：《説文》此字兩見，四篇《放部》有『出』字，六篇《出部》無。」
[二五] 明州本、錢鈔注「隸」字作「隸」。龐校同。

〔二六〕方校：「案：大徐本及《類篇》同，小徐本及《水經・汝水注》竝作『父城』。段氏校从小徐。」

〔二七〕方校：「案：『接』譌从木，據《廣韻》、《類篇》正。」按：明州本、毛鈔、錢鈔注「椄」字作「接」。韓校、陳校、陸校、龐校、黃校、錢校同。姚校：「宋本作『接』。」

〔二八〕明州本、錢鈔注「鋒」字作「鏠」。潭州本、金州本、毛鈔作「鋒」。

〔二九〕明州本、潭州本、金州本、毛鈔、錢鈔注「駭」字作「駿」。段校、陳校、陸校、龐校、黃校、錢校同。方校：「案：『駿』譌『駭』，據宋本及《玉篇》正。」姚校：「宋本『駭』作『駿』。」余校、韓校同。」

〔三〇〕方校：「案：《左・宣二年傳》釋文及《韻會》引《説文》『如』皆作『知』。段氏本从之。二徐本及《類篇》竝與此同。」

〔三一〕《類篇》同。《韻會》「誼」作「喧」。今考《史記・鼂錯傳》「諸侯誼譁」，《後漢書・姚期傳》「誼呼滿道」，是「誼」與「喧」音義同。

〔三二〕方校：「案：卷二《西山經》『牛身』作『如牛白身』，『被』作『披』，似『被』字爲勝。又『獓狃』舊本譌『徼徊』，畢氏據《玉篇》有『獒狃』改从犬。『獒』、『獓』古通用。」又：潭州本、金州本、毛鈔注「蓑」字作「蓑」。龐校、黃校同。

〔三三〕明州本、潭州本、金州本、毛鈔、錢鈔「哀」字作「哀」，明州本、錢鈔「褎」字作「褎」。龐校、黃校、錢校同。姚校：「宋本『哀』作『哀』，『褎』作『褎』。」韓校同。」方校：「案：『褎』，篆作『[illegible]』，隷當作『褎』。重文『褎』宋本作『褎』。《類篇》从𠂔作『褎』。」

〔三四〕毛鈔注「奬」字作「奘」。段校、陸校同。姚校：「宋本『奬』作『奘』。」

〔三五〕方校：「案：《吴志》作『蔻』，今據宋本及《廣韻》定作『蔻』。《類篇》『蔻』入《攴部》。」按：明州本、潭州本、金州本、毛鈔、錢鈔「蔻」字正作「蔻」。龐校、黃校同。姚校：「宋本『蔻』作『蔻』。」

〔三六〕明州本、潭州本、金州本、毛鈔、錢鈔「櫜」字作「櫜」。龐校、黃校、錢校同。姚校：「宋本『櫜』作『櫜』。」韓校同。余校作『櫜』。」

〔三七〕方校：「案：《類篇》『裦』作『袌』。」按：明州本、金州本、錢鈔注「裦」字正作「袌」。龐校、黃校同。

〔三八〕方校：「案：『譜』譌『華』，據《類篇》正。」按：明州本、毛鈔、錢鈔注「華」字正作「譜」。段校、陸校、龐校、黃校、錢校同。姚校：「宋本『華』作『譜』，是。韓校同。」潭州本、金州本作「譁」，誤。

〔三九〕方校：「案：『軳』譌从虫，據《廣韻》、《類篇》正。」按：明州本、毛鈔、錢鈔「蚫」字正作「軳」。陳校、龐校、黃校、錢校同。姚校：「宋本『蚫』作『軳』。韓校同。許云：『《玉篇》：軳，戾也。』此文宜从車旁。」

〔四〇〕陳校：「『髦』，《説文》作『髮』。」方校：「案：『髮』譌『髦』，據《説文》正。」姚校：「余校『髦』作『髮』。許云：『《説文》作眉髮，當依改。』」

〔四一〕明州本、毛鈔、錢鈔「㲋」字作「䰈」，注同。段校、陳校、龐校、黃校、錢校同。方校：「案：『䰈』譌『㲋』，據宋本及《説文》正。『或省』二字當从《説文》在『漢令』上。」又明州本、毛鈔、錢鈔注「紌」字作「髟」。龐校、錢校同。姚校：「宋本『㲋』作『䰈』，是。『紌』作『髟』。韓校『䰈』同宋本。」

〔四二〕《廣韻》作「麄」，注同。陳校：「『麄』，《類篇》作『麄』。」

〔四三〕方校：「案：《類篇》『旄』作『旄』，入《毛部》，與《㫃部》『旄』字音義同，今不从。」

〔四四〕明州本、潭州本、金州本、毛鈔、錢鈔「秂」字作「埊」，注「上」字作「土」。陳校、龐校、黃校、錢校同。方校：「案：『秂』、『秂』當作『𡋯』、『埊』，注『土』譌『上』，據宋本正。」姚校：「宋本『秂』作『埊』，『上』作『土』。韓校同。」

〔四五〕明州本、潭州本、金州本、毛鈔、錢鈔注「子」字作「孑」。陳校、陸校、龐校、黃校、錢校同。方校：「案：『孑』譌『子』，據宋本及《漢書・高惠高后文功臣表》正。『秏』，《表》同《類篇》作『耗』，入《耒部》。」汪校：「『耗』，據《説文》、《玉篇》从禾、毛，呼到反乃本音也，音毛乃《漢書》孟康説而師古同之。」

〔四六〕明州本、錢鈔「騷」字作「騷」。汪校、黃校同。姚校：「宋本作『騷』，凡从『蚤』之字並作『蚤』。」按：潭州本、金州本、毛鈔作「騷」。

〔四七〕方校：「案：卷二《西山經》：『鳥鼠同穴之山，渭水出焉。其中多鰠魚。』此刪節太過，竟似山人足魚矣。『鱣』下《經》亦有『魚』字。」

［四八］明州本、毛鈔注「浙」字作「淅」。陳校同。董校：「『淅』亦誤『浙』。」方校：「案：『浙』譌从折，據宋本及《釋訓》正。」

［四九］明州本、毛鈔、錢鈔注「總」字作「緫」。

［五〇］明州本、錢鈔注「汪」字作「注」。黄校同。誤。潭州本、金州本、毛鈔作「汪」。

［五一］方校：「案：『庡』譌『庋』，據《廣雅・釋詁三》及《類篇》正。」按：明州本、潭州本、金州本、毛鈔、錢鈔「庋」字正作「庡」。龐校、黄校、錢校同。姚校：「宋本『庋』作『庡』。」

［五二］方校：「案：『巢』當从《方言》七作『冀』。」按：明州本、錢鈔注「巢」字作「巢」。

［五三］陳校：「『㺜』當作『獟』。」

［五四］明州本、毛鈔、錢鈔注上「文」字作「攵」。龐校、黄校、錢校同。姚校：「宋本『文』作『攵』。」

［五五］陳校：「『宣』，《類篇》作『宜』。」按：明州本、毛鈔、錢鈔注「宣」字作「宜」。龐校、黄校、錢校同。姚校：「宋本『宣』作『宜』。」

［五六］明州本、潭州本、金州本、毛鈔、錢鈔注「澡」字作「滐」。韓校、陸校、龐校、黄校、錢校同。陳校：「『澡』，《類篇》作『滐』。」方校：「案：『滐』譌『澡』，據宋本及《類篇》正。」姚校：「宋本『澡』字作『滐』。」

［五七］明州本、毛鈔、錢鈔注「潷」字作「漕」。龐校同。方校：「案：『糟』、『曹』，《説文》作『糟』、『䒃』。或體『漕』譌『潷』，據宋本正。」按：「曹」曹，《説文》大徐本作「䒃」。

［五八］陳校：「『帔』、『幨』从衣。」方校：「案：『祓』、『襜』竝譌从巾，據《廣雅・釋器上》正。」按：明州本、錢鈔注「幨」字作「襜」。龐校、黄校、錢校同。姚校：「宋本『幨』作『襜』。」

［五九］段校：「『日』宜作『曰』。」陳校、陸校同。方校：「案：『曰』譌『日』，據《説文》正。」

［六〇］明州本、錢鈔注「隸」字作「隷」。段校：「宋本『隸』作『隷』。」

［六一］明州本、毛鈔、錢鈔注「膠」字作「聊」。韓校、陳校、陸校、龐校、黄校、錢校同。方校：「案：『聊』譌从肉，據宋本及《玉篇》引《埤蒼》正。」姚校：「宋本『膠』作『聊』。」許云：「『宜从耳。』」

［六二］明州本、毛鈔、錢鈔注「畜」下有「獸」字。余校、陳校、龐校、黄校、錢校同。方校：「案：『畜』下奪『獸』字，據宋本及《説文》補。」姚校：「宋本『畜』下有『獸』字。」

［六三］方校：「案：《説文》『蠤』作『蠿』，宋本止作『齊』。據《説文》，『蠤』入《虫部》，當从本書定。」

［六四］明州本、潭州本、金州本、毛鈔、錢鈔注「忍」字作「忍」。衛校、陳校、龐校、黄校、錢校同。丁校據《説文長箋》作「忍」。

［六五］方校：「案：『忍』譌从刃，據宋本及《類篇》正。」姚校：「宋本『忍』作『忍』。」許云：「『宜作忍。』」

［六六］方校：「案：『袛』譌从礻，據《説文》及《方言》四正。」

［六七］陳校：「『昏』字作『氐』。《方言》注：『氐惆，猶懊憹也。』」方校：「案：『氐』譌『昏』，《類篇》同。據《方言》十正。」

［六八］明州本、潭州本、金州本、毛鈔、錢鈔注「謟」下有「訑」字。陸校、龐校、黄校、錢校、姚校同。方校：「案：『謟』下奪『訑』字，據宋本及正文補。」

［六九］明州本、毛鈔、錢鈔注「説」字作「悦」。龐校、錢校同。

［六八］明州本、毛鈔、錢鈔注「説」字作「悦」。龐校、錢校同。

［六九］明州本、潭州本、金州本、毛鈔、錢鈔「詨」字作「詨」。韓校、龐校、黄校、錢校同。姚校：「宋本『詨』作『詨』。」

［七〇］明州本、潭州本、金州本、毛鈔、錢鈔「哎」字作「哎」，注「攴」字作「攴」。錢校同。

［七一］方校：「案：『帙』當从《韻會》、《增韻》作『帙』。《類篇》則从衣作『袟』。」按：明州本、毛鈔、錢鈔注「帙」字作「帙」。龐校、黄校、錢校同。姚校：「宋本『帙』作『帙』。」

［七二］明州本、金州本、毛鈔、錢鈔「弢」字作「弢」。錢校同。姚校：「宋本作『弢』。」韓校同。」

［七三］明州本、潭州本、金州本、毛鈔、錢鈔「攴」字作「攴」。陳校、錢校同。方校：「案：《説文・又部》『攴』从又、屮，上不从山，下不从文。此書『詨』、『哎』、『牧』等字結體竝誤，當據《説文》、《玉篇》、《廣韻》、《類篇》正。」姚校：「宋本『攴』作『攴』。」韓校同。」

［七四］方校：「案：據《説文》義訓，『㚘』當作『夲』，《類篇》不誤。」

［七五］衛校：「古無。《詩》作『抽』。」丁校：「《周書》無此句，《毛詩》『搯』作『抽』。」方校：「案：『師乃搯』句見

《尚書大傳·大誓》，段氏謂作『慆』者今文，作『搯』者古文也。《詩》毛、鄭作『抽』，陸氏音義亦引許書異文。」

[七六] 明州本、潭州本、金州本、毛鈔、錢鈔注「飲」字作「飰」。段校、陸校、龐校、黄校同。方校：「案：『飰』譌『飲』，據宋本及《玉篇》、《類篇》正。『岱』當从《方言》十三作『代』。」姚校：「宋本『飲』作『飰』，是。韓校同。」

[七七] 陳校：「『畱』，《廣韻》作『⿶凵卤』，《類篇》與《廣韻》同。」方校：「案：《説文·凵部》作『⿶凵畱』，《類篇》同。『凵』，古『曲』字。」

[七八] 明州本、潭州本、金州本、毛鈔、錢鈔「楨」字作「榎」。陳校、陸校、龐校、黄校、錢校同。方校：「案：『榎』譌『楨』，據宋本及《爾雅·釋木》正。」姚校：「宋本『楨』作『榎』，是。韓校同。」

[七九] 明州本、潭州本、金州本、毛鈔、錢鈔「牧」字作「牧」。錢校同。姚校：「宋本『牧』作『牧』。韓校同。」

[八〇] 方校：「案：『蝮』譌『蝮』。據《爾雅·釋蟲》正。」按：明州本、毛鈔、錢鈔注「蝮」字作「蝮」。陳校、陸校、龐校、黄校、錢校同。姚校：「宋本『蝮』作『蝮』。韓校同。」

[八一] 陳校：「『挑』，《類篇》从木，見《蕭韻》他彫切，義同。」方校：「案：『挑』字複出，當从《類篇》作『桃』。」

[八二] 明州本、錢鈔「駋」字併注在「鮉」上。毛鈔在「鮉」下「蜪」上。黄校同。方校：「案：宋本在『鮉』下『蜪』上。」

[八三] 明州本、潭州本、金州本、毛鈔、錢鈔「匋」字作「匋」。龐校、黄校、錢校同。姚校：「宋本『匋』作『匋』。」

[八四] 明州本、潭州本、金州本、毛鈔、錢鈔「嘗」字作「嘗」。龐校、黄校、錢校同。姚校：「宋本『嘗』作『嘗』。」

[八五] 明州本、毛鈔、錢鈔注「浙」字作「浙」。韓校、陳校、陸校、黄校、錢校同。方校：「案：『浙』譌从折，據宋本及《類篇》正。」姚校：「宋本『浙』作『浙』。許云：『浙無義，疑是浙字。』」

[八六] 方校：「案：此係新坿字。」

[八七] 明州本、毛鈔、錢鈔注「讀」字作「説」。段校、陸校、龐校、黄校、錢校同。姚校：「宋本『讀』作『説』，是。韓校同。」

[八八] 明州本、毛鈔、錢鈔注「韠」字作「鞸」。段校、衛校、陳校、陸校、龐校、黄校、錢校同。丁校據《考工記》改「韠」作「鞸」。方校：「案：『鞸』譌『韠』，據宋本正。《考工記》『鞠』作『陶』。鄭康成謂『鞠』即『陶』字，釋文徒刀反。」

[八九] 方校：「案：《説文》、《類篇》『名』皆作『也』。」按：明州本、毛鈔、錢鈔注「名」字正作「也」。錢校同。姚校：「宋本『名』作『也』。」

[九〇] 方校：「案：《廣韻》同，二徐本及《類篇》『杌』竝作『柮』。」按：明州本、錢鈔注「杌」字作「柮」。龐校、黄校、錢校同。姚校：「宋本『杌』作『柮』。」金州本誤作「杬」。

[九一] 明州本、毛鈔、錢鈔注「⿱穴肖」字作「宵」。陳校、黄校、錢校同。方校：「案：『宵』譌从穴，據宋本正。」姚校：「宋本『⿱穴肖』作『宵』。韓校同。」

[九二] 段校：「『裪』宜从衣，『神』宜作『袖』，出《方言》。」陸校同。方校：「案：《類篇》同。《玉篇》『裪』訓福也。」按：本小韻前已有「裪」字，此不當重出。《玉篇》：「裪，徒勞切，福也。」疑當从方校。

[九三] 方校：「案：《方言》十二『籌』作『籌』，或作『燾』，俱音濤。本書匋紐『燾』字已出，今改『籌』从艸，而『壽』字仍之。」

[九四] 明州本、潭州本、金州本、毛鈔、錢鈔「痠」字作「痩」。錢校同。

[九五] 方校：「汪氏云：『《左·成十年傳》釋文繩作繩。』」

[九六] 丁校據《説文》「舟」改「冬」，「而」改「帀」。方校：「案：『宊』譌『舟』，『帀』譌『而』，據《説文》正。『臾』當从《説文》作『臾』。」按：明州本、毛鈔、錢鈔注「而」字正作「帀」。衛校、陳校、龐校、黄校同。姚校：「余校『舟』作『冬』。宋本『而』作『帀』。韓校、余校並同。呂云：『舟，《説文》作冬。』許云：『而，《説文》作帀。』」

[九七] 方校：「案：《類篇》句下有『也』字。」

[九八] 明州本、潭州本、金州本、錢鈔注「鏑」字作「鏑」。誤。《廣雅·釋器》作「鏑」。毛鈔同。

[九九] 陳校「婷」作「婷」。方校：「案：『婷』譌『婷』。據《類篇》正。」

[一〇〇] 方校：「案：釋文：『佻，沈徒高反。』與此郎刀切有透、來之别。」按：某氏校引汪云：「《詩》釋文：佻佻，沈徒高反。定母字。」當是。方校誤徒爲透母，非。

[一〇一] 明州本「獿」字作「獿」。龐校、黄校、錢校同。姚校：「宋本『獿』作『獿』。」

［一〇二］方校：「案：『犭』譌『夒』，據本文正。」姚校：「吕云：『夒宜作犭。』許校：『从夒宜作从犭。』」

［一〇三］方校：「案：大徐本『乎』作『于』，《類篇》同。此从《毛詩》及小徐。」按：明州本、潭州本、金州本、毛鈔、錢鈔注「乎」字作「于」。陸校、龐校、黄校、錢校同。姚校：「宋本『乎』作『于』。」

［一〇四］本韻丘刀切「朹」字注云：「戲言。」此下疑脱「言」字。

七歌

［一］方校：「案：《廣雅·釋室》『戙歌』作『戓戙』。『杙』下有『也』字，當據補。」按：王氏《廣雅疏證》以「歌」係「戓」譌字，云：「《廣韻》、《玉篇》俱無『歌』字。」

［二］明州本、毛鈔、錢鈔「菏」字作「荷」。陸校、錢校同。丁校據《説文》作「菏」。方校：「案：正文『菏』譌『滴』，據小徐本正。宋本及大徐本作『菏』，亦誤。『出』竝作『在』，《尚書》釋文引作『水出山陽湖陵南』。」姚校：「宋本作『菏』。」韓校同。吕云：『宜作菏。』」

［三］明州本、毛鈔、錢鈔此字併注在「歌」下「菏」上。陸校、黄校、姚校同。方校：「案：宋本在『歌』下『菏』上。」

［四］方校：「案：今《酒誥》『抲』作『拘』。」

［五］方校：「案：《類篇》『河』作『何』。阿紐十二文竝同。」按：明州本、錢鈔「河」字作「何」。龐校、黄校、錢校同。姚校：「宋本『河』作『何』。」

［六］姚校：「余校『陰』作『婄』。」方校：「案：『陰娿』，李燾本《説文》及《類篇》同。《韻會》作『陰阿』，二徐本竝作『婄娿』。」

［七］明州本、毛鈔注「博」字作「博」。龐校、黄校、錢校同。姚校：「宋本『博』作『博』。余校同。」按：潭州本、金州本、錢鈔作「博」，似爲「博」之壞字。

［八］陸校作「侖」。方校：「案：『崙』當从二徐本作『侖』。」

［九］方校：「大徐本及《類篇》同。小徐本『芙蕖』作『夫容』。」

［一〇］明州本、潭州本、金州本、毛鈔、錢鈔注「蚻」字作「蜇」。龐校、錢校同。按：《博雅》見《釋魚》，字作「蜇」，曹音析，宋本誤。

［一一］明州本、毛鈔、錢鈔注「魺」下有「鯢」字。段校、龐校、黄校同。姚校：「宋本『魠』作『鯢』。」陸校同。韓校「魺」下增「鯢」字，是。姚校與陸校同誤。丁氏所據爲《廣雅》舊本。方校：「案：宋本及《類篇》『魺』下有『鯢』字。王氏校本云：『鯸鮔，魺也。』『鯢、魧、鱅，魠也。』蓋據《玉篇》訂正。」陳校：「『魠』，《廣雅》音托，疑『魨』字之譌，『屯』或書作『乇』，聊備一説。」

［一二］方校：「案：《類篇》『唯呵』二字作『譙』。」

［一三］方校：「案：《類篇》『河』作『何』，莪紐二十三文竝同。」按：明州本、毛鈔、錢鈔「河」字作「何」。龐校、黄校、錢校同。姚校：「宋本作『何』。」

［一四］方校：「案：『唫』訓口急，與『呻吟』之『吟』義别。」

［一五］明州本、潭州本、金州本、毛鈔、錢鈔注「搓」字作「槎」。段校：「宋本从木。」黄校同。姚校：「宋本『搓』从木。」

［一六］明州本、潭州本、金州本、毛鈔、錢鈔注「莪」字作「峩」。陳校、龐校、黄校、錢校同。方校：「案：『峩』譌从艸，據宋本正。」姚校：「宋本『莪』作『峩』。」韓校同。」

［一七］方校：「案：大徐本作『駉鵝』，小徐本作『駉䳘』，《類篇》與此同。」

［一八］明州本、潭州本、金州本、毛鈔、錢鈔注「濁」字作「蜀」。衛校、陸校、龐校、黄校、錢校同。丁校據《説文》作「蜀」。方校：「案：『蜀』譌『濁』，據宋本及《説文》正。」姚校：「宋本『濁』作『蜀』，是。余校、韓校同。」

［一九］余校「喜」作「嘉」。段校、陸校同。方校：「案：『嘉』譌『喜』，據《説文》正。《廣韻》引《説文》『溢』作『謚』，小徐本同。此从大徐。」丁校：「《詩》『誐』作『假』，《廣韻》引《説文》作『謐』，《左傳》作『恤』。」

[二〇] 方校：「案：《廣雅・釋嘼》『驪』止作『鹿』。」

八戈

[一] 方校：「案：『韓』譌『韯』，據《説文》正。」按：明州本、毛鈔、錢鈔注「韯」字正作「韓」。龐校、錢校同。姚校：「宋本『韯』作『韓』。」

[二] 明州本、毛鈔、錢鈔「斛」字作「斛」。陳校、龐校、黄校、錢校同。方校：「案：『斛』譌『斛』，據宋本及《説文》正。」姚校：「宋本『斛』作『斛』。韓校、余校同。」

[三] 陳校：「『鍋』，《方言》作『鍋』，車釭也。」

[四] 衛校：，「『鵽』，《廣雅》作『果』。」丁校同。方校：「案：《釋鳥》止作『果贏』，《類篇》與此同。」

[五] 明州本、毛鈔、錢鈔注「又」字作「一曰」。龐校、黄校、錢校同。方校：「案：『又』字宋本及《類篇》作『一曰』二字。」姚校：「宋本作『一曰』二字。韓校同。」

[六] 明州本、錢鈔注「葱」字作「苾」。錢校同。潭州本、金州本、毛鈔作「苾」。又注「藤」字明州本、毛鈔、錢鈔作「藤」。龐校、黄校、錢校同。方校：「案：『葱』當作『蔥』，宋本作『苾』，俗。《類篇》作『苾』，非。『藤』，宋本作『藤』，誤。」姚校：「宋本『葱』作『苾』。韓校作『苾』。『藤』，宋本作『藤』。韓校同。」

[七] 丁校：「《廣雅》作『鄡钭』。」方校：「案：《廣雅・釋嘼》作『鄡钭』，『鄡』與『郭』古今字，今本作『鄡』，非。『钭』音居尤切。此作『钭』，音科，或體作『料』，竝誤。」

[八] 明州本、毛鈔、錢鈔注「利」字作「科」。陳校、龐校、黄校、錢校同。方校：「案：此本《莊子・養生主》，徐音科，譌『利』，據宋本正。」姚校：「宋本『利』作『科』。韓校同。」

[九] 陳校：「『堝』字通云俗『窩』字，本作『窠』，別作『窩』，非。」

[一〇] 方校：「案：《舊唐書》『苢』作『莴』，『葦』作『韋』。但本韻烏禾切已出『莴』字，注『莴苣，菜名』。此與《類篇》同。蓋僞體也。」按：明州本、金州本、毛鈔、錢鈔注「葦」字作「韋」。龐校、黄校、錢校同。姚校：「宋本『葦』作『韋』。」

[一一] 明州本、錢鈔注「磨」字作「磨」。錢校同。姚校：「宋本『磨』作『磨』。」按：潭州本、金州本、毛鈔作「磨」，與《説文》合。

[一二] 明州本、潭州本、金州本、毛鈔、錢鈔注「常」字作「當」。段校、衛校、陳校、陸校、龐校、黄校、錢校同。丁校據《廣雅》改「常」字作「當」。方校：「案：『當』譌『常』，據宋本及《廣雅・釋器下》正。」姚校：「宋本『常』作『當』，是。韓校同。」

[一三] 明州本、金州本、錢鈔注「熟」字作「孰」。龐校、黄校同。

[一四] 方校：「案：『寐』譌『寐』，據《説文》正。」按：明州本、金州本、毛鈔、錢鈔注「寐」字正作「寐」。龐校、黄校、錢校同。姚校：「宋本『寐』作『寐』。韓校同。」

[一五] 方校：「案：注『吪』譌『訛』，據《説文》正。段氏云：『吪，動也。謂本不圜，變化而圜也。』《類篇》與此同誤。」按：明州本、錢鈔注「訛」字正作「吪」。龐校、錢校同。姚校：「宋本作『吪圜』。余校同。」

[一六] 方校：「案：『梔』當从《類篇》作『梔』。重文『卮』，《説文》篆作『厄』，《廣韻》作『卮』。《類篇》省作『卮』，亦通。」按：明州本、錢鈔「梔」作「梔」，「卮」作「卮」。龐校同。

[一七] 明州本、潭州本、金州本、毛鈔、錢鈔注「陀」字作「陁」。龐校、黄校、錢校同。又明州本、毛鈔、錢鈔注「襄」字作「衺」。陳校、龐校、黄校、錢校同。韓校：「按：《廣雅・釋詁二》『陂陀，衺也』，於義爲合。」方校：「案：『衺』譌『襄』，後『陀』注又譌『衺』，據宋本及《廣雅・釋詁二》正。又宋本『陀』作『陁』。《類篇》『山陂』作『山阪』，亦通。」按：明州本、錢鈔注「陂」字正作「阪」。龐校、黄校、錢校同。姚校：「宋本『山陂』作『山阪』。」

[一八] 段校：「宋本亦誤『堆』。」陳校作「雉」。方校：「案：『雉』譌从土，據《説文》正。」姚校：「『堆』作『雉』，影宋作『堆』，誤。」按：諸本均誤「堆」。

[一九] 明州本、潭州本、金州本、毛鈔、錢鈔注「鐸」字作「鑼」。龐校、黃校、錢校同。姚校：「宋本『鐸』作『鑼』。韓校同。」

[二〇] 方校：「汪氏云：『《公羊・襄三十年》蘧頗，釋文：一本作跛。』」

[二一] 明州本、毛鈔、錢鈔「摩」字作「摩」。龐校：「『麻』並从𣏟。」黃校：「从『麻』之字皆同。」

[二二] 方校：「案：『攤』，《類篇》同。《韻會》引作『擵』，誤。『攤』，見《考工記・梟氏》文。」

[二三] 方校：「案：『麼』譌从『么』，據《類篇・幺部》正。」

[二四] 方校：「案：《廣雅・釋器上》『柸』作『杯』。」

[二五] 陳校：「『痳』作『痳』。」方校：「案：《類篇》『痳』作『痳』。」

[二六] 某氏校：「此亦用『何』得聲，而『何』隸《七歌》，諸字乃隸《八戈》，未詳其說。」

[二七] 明州本、潭州本、金州本、毛鈔、錢鈔「訾」字作「訾」。方校：「案：『訾』譌『訾』，據宋本及《類篇》正。」按：顧氏重修本已改。

[二八] 明州本、錢鈔「犧」字作「犧」。龐校、黃校、錢校同。

[二九] 方校：「案：此亦新坿字。」許校：「『蹉』字《廣韻》入《七歌》。」

[三〇] 按：《廣韻・代韻》倉代切有「䐜」字，注云：「大腹。」本書《代韻》倉代切同，並引《山海經・北山經》爲證，郭注音采。此音不知何據。姚校：「許云：『䐜無蹉音，注云大腹，似是膰字之譌。番脱下田，釆譌采。』」

[三一] 明州本、錢鈔注「淅」字作「淅」。龐校、黃校同。誤。按：潭州本、金州本、毛鈔作「淅」。

[三二] 許校：「『醝』，《廣韻》入《七歌》。」

[三三] 明州本、潭州本、金州本、錢鈔注「鄌」字作「鄌」。黃校同。

[三四] 方校：「案：《說文》『鹺』字从鹵、差省聲。此不省，非。今从隸體改『鹺』。」

[三五] 方校：「案：《廣韻》、《類篇》同。二徐本竝無『蒫』字。」

[三六] 明州本、錢鈔注「或」字作「亦」。錢校同。又明州本、毛鈔、錢鈔注「蒫」字作「嵯」。錢校同。方校：「案：『蒫』譌从艸，據宋本及《類篇》、《韻會》正。」姚校：「宋本『或』作『亦』，『蒫』作『嵯』。韓校『嵯』同宋本。」

[三七] 方校：「案：段氏校本謂『齹』、『䶅』實一字，而刪『䶅』存『齹』。」

[三八] 方校：「案：『肙』乃隸文『𠫬』字。《類篇》作『𠫭』，《經籍籑詁》作『𠫬』，竝非。」

[三九] 丁校：「《爾雅》注『鎬』自爲句，『侯』字只作繼字解。」方校：「案：『鎬』，《爾雅・釋艸》作『蒿』。《類篇》引《說文》同。二徐本竝作『鎬』。《釋艸》『蒿』自爲句。『侯莎』猶《詩》云『侯栗侯梅』。此許氏異文異讀。」

[四〇] 明州本、潭州本、金州本、錢鈔注「侒」字作「倿」。段校、黃校同。按：當作「佞」。

[四一] 《漢書・地理志》清河郡有𢘀縣，顏注：「『𢘀』古『莎』字。」

[四二] 明州本、毛鈔、錢鈔注「肉」下無「或」字。龐校、黃校同。方校：「案：下『或』字宋本無，今據刪。」按：潭州本、金州本有。

[四三] 陳校：「『多』入《歌韻》，《爾雅》云：衆也。」許校：「《廣韻》『多』字入《七歌》。」

[四四] 明州本、毛鈔、錢鈔注「疊」字作「曡」。「日」字作「目」，誤。段校：「『疊』字作『曡』。」

[四五] 明州本、毛鈔、錢鈔「㑥」字作「侈」。又明州本、潭州本、金州本、毛鈔、錢鈔注「乜」字作「中」。黃校同。方校：「案：『㑥』譌『侈』，『屮』譌『乜』，據宋本正。」

[四六] 按：據《後漢書・南蠻西南夷傳》：「（哀牢夷）其王賢栗遣兵乘箄船，南下江漢，擊附塞夷鹿茤，鹿茤人弱，爲所禽獲。」李注：「『茤』音多。其種今見在。」是南夷名鹿茤，非名茤，當於「南」字上補「鹿茤」二字。

[四七] 明州本、毛鈔、錢鈔「蹛」字作「蹛」。潭州本、金州本作「蹛」。按：此音不知所從，《類篇》亦有。《史記・匈奴列傳》：「五月，大會蘢城，祭其先、天地、鬼神。秋，馬肥，大會蹛林，課校人畜計。」索隱：「服虔云：音帶。匈奴秋社八月中皆會祭處。鄭氏云：地名也。晉灼云：李陵與蘇武書云相競趨蹛林，則服虔説是也。又韋昭音多藍反。姚氏案：《李牧傳》『大破匈奴，滅襜襤』，此字與韋昭音頗同，然林襤聲相近，或以林爲襤也。」竊以爲音多，疑韋氏切語脱去下字「藍」，僅存「多」字耳。「蹛」字實無「多」音也。

[四八]　陳校：「『佗』入《歌韻》。」許校：「『佗』字《廣韻》入《七歌》。」

[四九]　陳校：「『蟲』，《説文》作『虫』。」按：明州本、潭州本、金州本、毛鈔、錢鈔注「蟲」字正作「虫」。龐校、黄校、錢校同。方校：「案：『虫』譌『蟲』，據宋本及《説文》正。」姚校：「宋本『蟲』作『虫』。韓校同。」

[五〇]　明州本、毛鈔、錢鈔注「宽」字作「寃」。

[五一]　明州本、潭州本、金州本、毛鈔、錢鈔注「故」字作「或」。陸校、龐校、黄校、錢校同。方校：「案：小徐本『沇』字作『兖』，當以此正之。『故』當从宋本作『或』。」姚校：「宋本『故』作『或』。韓校同。」

[五二]　方校：「案：『拖』譌从木，據《類篇》及注文正。」按：明州本、潭州本、金州本、毛鈔、錢鈔「柂」字作「拖」。陳校、陸校、龐校、黄校、錢校同。姚校：「宋本『柂』作『拖』，是。」

[五三]　方校：「案：『曳』右加點亦誤。」按：潭州本、金州本、毛鈔注均無點，字作「曳」，與《説文》合。

[五四]　顧校：「『馱』作『馱』。」陳校：「从大，不从犬，馱騎。」方校：「案：『馱』从馬，『大』聲，此與《類篇》竝譌从犬。」姚校：「『馱』影宋本作『馱』，是。」按：蒙所見毛鈔作「馱」。

[五五]　明州本、潭州本、金州本、毛鈔、錢鈔注「曰」字作「白」。陳校、陸校、龐校、黄校、錢校同。又明州本、潭州本、金州本、毛鈔、錢鈔注「鼍」字作「鼉」。韓校、龐校同。方校：「案：『白』譌『曰』，『鼉』譌『鼍』，據宋本及《説文》正。」姚校：「宋本『曰』作『白』。余校同。」

[五六]　明州本、毛鈔、錢鈔注「搏」字作「摶」。龐校、黄校、錢校同。姚校：「宋本『搏』作『摶』。」

[五七]　陸校「蜥」作「蜥」。方校：「案：二徐本『蜥』作『蜥』，餘與此同。《廣韻》引《説文》『易』作『蜴』，下有『而』字。段氏校本『大』作『丈』。」

[五八]　毛鈔注「峼」字作「峼」。韓校同。方校：「案：小徐本『峼』作『峼』，宋本及《類篇》同。此从大徐。」

[五九]　明州本、毛鈔、錢鈔注「衺」字作「衺」。段校、衛校、陳校、陸校、龐校、黄校、錢校同。丁校據《廣雅》改「衺」作「衺」。方校：「案：『衺』譌『衺』，據宋本及《廣雅·釋詁二》正。」姚校：「宋本『衺』作『衺』，是。韓校同。」

[六〇]　方校：「案：此與『蹉』字竝新坿字。」

[六一]　毛鈔注「與」字作「盥」。段校、陸校、錢校同。方校：「案：『盥』譌『與』，據宋本及《類篇》正。」姚校：「宋本『與』作『盥』，是。」

[六二]　明州本、錢鈔注「桓」字作「栢」。錢校同。黄校：「缺末筆。」姚校：「宋本『桓』作『栢』。」

[六三]　毛鈔注「浙」字作「淅」。龐校同。方校：「案：『淅』譌『浙』，據宋本及《説文》正。」姚校：「宋本『浙』作『淅』。」

[六四]　陳校：「『羅』入《歌韻》。」許校：「『羅』字《廣韻》入《七歌》。」

[六五]　毛鈔注「莪」下有「也」字。方校：「案：『莪』下奪『也』字，據宋本及《説文》補。」姚校：「宋本『莪』下有『也』字。余校同。」

[六六]　方校：「案：『箈』譌从艸，據《廣雅·釋室》正。王氏校本『籬』作『杝』，讀與『籬』同。」

[六七]　明州本、毛鈔、錢鈔注「葩」字作「葩」。韓校、陳校、陸校、龐校、黄校、錢校同。方校：「案：《釋艸》『葩』作『蘢』，宋本同，今據正。釋文：『蘆』，郭音力何反。」姚校：「宋本『葩』作『葩』。」按：潭州本、金州本作「葩」，疑是「葩」之壞字。

[六八]　明州本、金州本、毛鈔、錢鈔注「敬」字缺末筆，「袾」字作「袾」。龐校、黄校、錢校同。又明州本、毛鈔、錢鈔注「弨」字作「弭」。龐校、黄校、錢校同。姚校：「段云：『玉宜是王。』宋本『弨』作『弭』。余校同。」方校：「案：『王』譌『玉』，據宋本及《類篇》正。《類篇》『著』作『箸』，今从之。『袾襹』之『袾』，宋本作『袾』，誤。」按：《南史·王裕之傳》：「王裕之字敬弘。名與武帝諱同，故以字行。左右嘗使二老婦女，戴五條辮，著青紋袴襹，飾以朱粉。」《宋書·王敬弘傳》亦作「著」。方校不可从。「袴襹」，《宋書》作「袴襦」。「袾」當作「袴」。

[六九]　陳校：「『那』入《歌韻》。《爾雅》於也。於音烏。又多也。」許校：「『那』字《廣韻》入《七歌》。」按：明州本、潭州本、金州本、毛鈔、錢鈔「那」字作「郍」。黄校同。龐校：「从『郍』之字竝同。」方校：「案：『那』當作『郍』、『𦋺』，即下文『𦋺』。此以『𦋺』爲古『郍』，非。」姚校：「宋本作『郍』，凡从『那』之字竝作『郍』。」

[七〇]　方校：「案：『多』下奪『也』字，據《廣雅·釋詁三》補。」

［七一］姚校：「影宋本『郤』作『卻』，是。」黄校同。按：《周禮·夏官·方相氏》鄭注作「卻」。又明州本、毛鈔「隸」字作「隷」。黄校同。錢鈔空白。

［七二］明州本、錢鈔注「馱」字作「馱」。與《山海經·中山經》同。

［七三］明州本、毛鈔「瘻」字作「瘦」。韓校、陸校、黄校、錢校同。錢鈔作「痿」。方校：「案：『瘦』譌『瘻』，據宋本及卷五《中山經》正。」

［七四］明州本、潭州本、金州本、毛鈔注「榱」字作「槺」。段校、陳校、龐校、錢校同。方校：「案：『槺』譌『榱』，據宋本及《玉篇》、《類篇》正。」姚校：「宋本『榱』作『槺』。余校同。」

［七五］方校：「案：『旨』譌『自』，據《類篇》正。」按：明州本、潭州本、金州本、毛鈔、錢鈔「自」字作「旨」。陳校、吕校、龐校、黄校、錢校同。姚校：「宋本『自』作『旨』。韓校同。許云：『宜作旨。』」

［七六］明州本、潭州本、金州本、毛鈔、錢鈔注「上和」作「土禾」。陸校、龐校、黄校、錢校同。陳校「上」字作「土」。余校「和」字作「禾」。方校：「案：『土和』譌『上和』，據宋本及《類篇》、《韻會》正。」姚校：「宋本『上』作『土』。韓校『和』作『禾』。」

［七七］明州本、毛鈔「硴」字作「碨」。韓校、黄校、錢校同。方校：「案：『碨』譌『硴』，『輪』下奪『石』字，據宋本及《類篇》正補。」姚校：「宋本『硴』作『碨』。」

［七八］方校：「案：『扁』譌『扆』，據《類篇》正。」

［七九］明州本、毛鈔、錢鈔注「作」字作「从」。陳校、龐校、黄校、錢校同。姚校：「宋本『作』作『从』。」

［八〇］方校：「案：『脶』下譌从『萬』，據《類篇》及《廣雅·釋器下》正。」按：明州本、毛鈔、錢鈔「𦝤」字正作「脶」。龐校、黄校、錢校同。姚校：「宋本『𦝤』作『脶』。」

［八一］方校：「汪氏云：『《類篇》作爊蠡。熉、爊古通。《漢書·揚雄傳下》《長楊賦》燒爊蠡，《文選》爊作熉。』」

［八二］明州本、錢鈔注「熟」字作「孰」。龐校、黄校同。與《説文》合。

［八三］方校：「案：《廣雅·釋地》『嚅』作『畉』，奴戈反。」

［八四］方校：「案：《類篇》『疫』作『疾』。」

［八五］毛鈔注「婚」字作「婚」。

［八六］余校「冗」並改「九」。董校同。又曰：「『見』疑『皃』之譌。」按：明州本、毛鈔、錢鈔注「撗」字作「横」，「見」字作「皃」。陳校、龐校、黄校、錢校同。方校：「案：『横皃』譌『撗見』，據宋本及《類篇》正。」姚校：「宋本『撗』作『横』，『見』作『皃』。韓校同。」

［八七］方校：「案：此係新坿字。」

［八八］陳校：「《廣韻》有『骪』字，同『骫』。」

［八九］按：《廣韻》：「骫，手足疾皃。」「骪，同上。」此「足」字上疑脱「手」字，切下脱「肥」、「骫」二字。參見前於靴切「肥」及《廣韻》於靴切，「肥骫」，連語。

［九〇］明州本、毛鈔、錢鈔注「驉」字作「驢」，「胃」下有「也」字。龐校、黄校、錢校同。陳校从「盧」。方校：「案：『驢』譌『驉』，據宋本及《類篇》正。」姚校：「宋本作『驢』。韓校同。又：宋本『胃』下有『也』字。」

［九一］明州本、潭州本、金州本、毛鈔、錢鈔注「永」字作「求」。陳校、陸校、龐校、黄校、錢校同。方校：「案：『求』譌『永』，據宋本及《廣韻》正。」姚校：「宋本『永』作『求』。韓校同。」

［九二］明州本、毛鈔、錢鈔注「肔」字作「胞」。顧校、陳校、黄校同。方校：「案：《類篇》『胞』作『肥』，誤。」

［九三］明州本、潭州本、金州本、毛鈔、錢鈔注「穢」字作「穢」。

九麻

[一] 明州本、毛鈔、錢鈔「麻」、「𦯬」作「痳」、「蔴」。龐校、黄校、錢校同。方校：「案：《説文》七篇：『𣏟，葩之總名也。』『𦯬』與『𣏟』同，不从六篇之『林』也。『𦯬』亦當作『蔴』。宋本及《篇》、《韻》此類字皆不誤。」姚校：「宋本『痳』、『蔴』皆从𣏟。韓校同。」

[二] 明州本、毛鈔、錢鈔注「林」字作「𣏟」。

[三] 明州本、潭州本、金州本、毛鈔、錢鈔「脣」字作「㿸」。龐校、黄校同。與《類篇》合。

[四] 方校：「案：《廣雅・釋器上》『柸』作『杯』。」按：明州本、毛鈔、錢鈔注「柸」字作「杯」。龐校、錢校同。

[五] 陳校：「『收』，《類篇》作『牧』，誤。」

[六] 方校：「案：『升麻』譌『外靡』，據《漢志》李奇注正。」按：明州本、潭州本、金州本、毛鈔、錢鈔注「外」字正作「升」。余校、韓校、陳校、龐校、黄校、錢校同。

[七] 陳校：「《廣雅》穄也。亡皮切。書作『𪎭』，同。」方校：「案：《釋艸》『䅾』作『穄』，與此及《類篇》所引異。」

[八] 明州本、毛鈔、錢鈔「䃺」字併注在「𥁞」下「𪓰」上。韓校同。方校：「案：宋本在『𥁞』下『𪓰』上。」

[九] 曹本注「千」字作「十」。顧氏重修本已改。明州本、潭州本、金州本、毛鈔、錢鈔注「巾」字作「中」。陳校、龐校、黄校、錢校同。方校：「案：『中』譌『巾』，『千』譌『十』，據宋本及《爾雅・釋畜》郭注正。」姚校：「宋本『巾』作『中』。」

[一〇] 明州本、潭州本、金州本、毛鈔注「鍦」字作「鏑」。陳校、陸校、龐校、黄校、莫校、錢校同。方校：「案：『鏑』譌『鍦』，據宋本及《廣雅・釋器下》正。」姚校：「宋本『鍦』作『鏑』。韓校同。」

[一一] 明州本、錢鈔注「黄」字作「廣」。陳校、龐校、黄校、錢校同。與《類篇》合。

[一二] 明州本、毛鈔、錢鈔「䶕」字作「䶕」。注「角」字作「角」。龐校同。

[一三] 明州本、潭州本、金州本、毛鈔、錢鈔注「侯」字作「矦」。龐校同。

[一四] 明州本、潭州本、金州本、毛鈔、錢鈔注「邦」字作「邦」。黄校同。

[一五] 明州本、潭州本、金州本、毛鈔、錢鈔注「傳」字作「博」，「頯」字作「頯」。衛校、陳校、丁校、龐校、黄校、錢校同。方校：「案：『博』譌『傳』，『頯』譌『頯』，據宋本及《釋魚》正。」姚校：「宋本『傳』作『博』，『頯』作『頯』。韓校、余校並同。」

[一六] 方校：「案：『皻』譌『虘』，據《廣韻》、《類篇》正。皻，鼻上皰也。《類篇》『疾』作『臭』。」

[一七] 方校：「案：《類篇》『㪍』作『䟦』。」

[一八] 方校：「案：此字重出。《爾雅・釋魚》『蚆，博而頯』。注：『頯者，中央廣而兩頭鋭。』與前『蚆』非二物也。『螺』當从《類篇》作『蠃』。」

[一九] 方校：「案：《類篇》『笮』作『簀』。」

[二〇] 明州本、潭州本、金州本、毛鈔、錢鈔「爬」字作「爬」。陳校、龐校、黄校、錢校同。姚校：「宋本『爬』作『爬』。」

[二一] 方校：「案：『讉』譌从虘，據《廣雅・釋言》正。下文『𡟸』亦當作『𡟸』。」按：明州本、錢鈔「讉」字正作「讉」。不从旦。黄校：「『虘』字並从且。」

[二二] 明州本、錢鈔「𡟸」字作「𡟸」。陸校、黄校同。

[二三] 丁校：「『丁公箸』，新、舊《唐書》作『著』，此仍古文。」

[二四] 方校：「案：大徐本及《類篇》『㲚』作『𧞣』，小徐本作『紕』，段氏校本據此正。」按：《説文》大徐本作「𧞣」，段注本作「𧞣」。

[二五] 陳校：「『斜』，《廣韻》同『衺』。『衺』，《説文》𧞣也。从交、韋。」

[二六] 方校：「案：二徐本及《類篇》『抒』作『杼』。」

[二七] 方校：「案：《類篇》『蒛』作『蒛』。」

[二八]明州本、潭州本、金州本、毛鈔、錢鈔「茆」字作「茆」。陳校、龐校、黃校、莫校、錢校同。方校：「案：『茆』譌『茆』。下文『唧』譌『唧』，據宋本及《類篇》正。」姚校：「宋本『茆』作『茆』，从卩，是。」

[二九]明州本、潭州本、金州本、毛鈔、錢鈔注「菓」字作「菜」。陳校、龐校、黃校、錢校同。方校：「案：『菜』譌『菓』，據宋本及《類篇》正。」姚校：「宋本『菓』作『菜』。」韓校同。

[三〇]明州本、潭州本、金州本、毛鈔、錢鈔「唧」字作「唧」。韓校、龐校、黃校、錢校同。姚校：「宋本作『唧』，从卩，是。」

[三一]明州本、潭州本、金州本、毛鈔、錢鈔注「達」字作「遠」。韓校、陳校、龐校、黃校、錢校同。方校：「案：『遠』譌『達』，據宋本及《類篇》正。」姚校：「宋本『達』作『遠』。」

[三二]方校：「案：《類篇》同。《韻會》『種』下有『田』字。」

[三三]方校：「案：此見《莊子·讓王篇》釋文，『説』當从《類篇》作『讀』。」

[三四]明州本、潭州本、金州本、毛鈔、錢鈔「䡛」字作「䡛」。錢校同。方校：「案：古體當从《類篇》作『䡛』。」姚校：「宋本『䡛』作『䡛』。」

[三五]明州本、毛鈔、錢鈔「葷」字併注在「車」下「蜱」上。韓校、方校、龐校、黃校、姚校同。

[三六]明州本、錢鈔注「讀」字作「説」。龐校、黃校、錢校同。姚校：「宋本『讀』作『説』。」

[三七]明州本、潭州本、金州本、毛鈔、錢鈔注「虒」字下缺空爲「屬」字。

[三八]明州本、潭州本、金州本、錢鈔「荼」字作「茶」。龐校同。毛鈔作「茶」。

[三九]方校：「案：『稺』譌『雅』，據《漢書·匈奴傳》正。」按：明州本、錢鈔注「雅」作「稚」。衛校、龐校、黃校、錢校同。丁校據《漢書》作「稚」。字當作「稚」。

[四〇]明州本、毛鈔、錢鈔注「蛇」字作「虵」。韓校、龐校、錢校同。方校：「案：此見卷五《中山經》，畢氏云：『狏音巳。舊本譌音巴。』此與《類篇》竝承其譌。『蛇』，宋本及《類篇》均作『虵』。」

[四一]明州本、金州本、毛鈔、錢鈔注「乖」字作「乖」。龐校、莫校同。

[四二]明州本、毛鈔、錢鈔注「沙」字作「砂」。龐校、黃校、錢校同。方校：「案：『砂』譌『沙』，據宋本及《史記·灌嬰傳》正。」姚校：「宋本『沙』作『砂』。」韓校同。

[四三]方校：「案：《類篇》同。《韻會》『髟』作『鬖』。」按：明州本、錢鈔注「髟」字作「髟」。

[四四]方校：「案：《類篇》、《韻會》『絹』作『縳』，音同。」按：明州本、錢鈔注「絹」字正作「縳」。龐校、黃校、錢校同。

姚校：「宋本『絹』作『縳』。」

[四五]方校：「案：《廣雅·釋器上》『韡』作『屐』，『屐』、『韡』古今字。」

[四六]明州本、錢鈔「抄」字作「渉」，注「兒」字作「語」。龐校、黃校、錢校同。姚校：「宋本『抄』作『渉』，『兒』作『語』。」

[四七]方校：「案：《廣雅·釋詁二》作『紗』，『紗』與『幺』同。此中加水音沙，非。」

[四八]方校：「案：『椮』譌从木，據《類篇》正。」

[四九]明州本、毛鈔、錢鈔注下「又」字作「叉」。韓校、陳校、龐校、黃校、莫校、錢校同。陸校作「叉」，云：「誤脱一點。」

方校：「案：『又』上當補『从』字，下『又』乃『叉』字之譌，據宋本及《説文》正。」姚校：「宋本『又』作『叉』。」吕云：

『宜作叉。』」

[五〇]方校：「案：《類篇》『打』作『行』，誤。」

[五一]方校：「案：《廣雅·釋器下》作『鞴韍』。」

[五二]明州本、潭州本、金州本、錢鈔注「甄」字作「甄」。顧校同。

[五三]陳校：「从『段』。」方校：「案：《類篇》同。《玉篇》『服』作『服』。」

[五四]方校：「案：『劄』譌『劏』，據《廣韻》正，《類篇》亦誤。然《刀部》有『劉』無『劏』，劉，刺也，鉏咸切。」

[五五]方校：「案：《廣雅·釋水》作『艇』。」

[五六]明州本、錢鈔注「楂」字作「楂」。黃校同。

[五七]方校：「案：《類篇》『䖳』作『䖳』，據『抆』字古文爲『䖳』，則此亦當从耑。」按：明州本、錢鈔注「䖳」字作「䖳」。錢

校同。

［五八］明州本、潭州本、金州本、毛鈔、錢鈔注「又」字作「叉」。韓校、陳校、龐校同。方校：「案：宋本、小徐本及《類篇》作『叉取』，毛刻與此同。段氏依宋本《説文》改『叉卑』，謂叉卑者，用手自高取下也。」某氏校：「汪云：『又，《類篇》作叉。取，宋本《説文》作卑。』」

［五九］明州本、潭州本、金州本、毛鈔、錢鈔「査」字作「查」。陳校、龐校、錢校同。姚校：「宋本『査』作『查』。」

［六〇］方校：「案：《廣雅・釋言》及《篇》、《韻》『娽』皆作『諑』，而許書有『娽』無『諑』，此引《説文》作『娽』爲是，其義則未詳也。」

［六一］方校：「案：『戱』譌『戲』，注又譌从支。『按』譌从木。據《廣韻》、《類篇》正。」某氏校：「『戲』疑當作『戱』。按，《廣韻》『戱，以指按也』。與汪説正合。《類篇》『戲』在《支部》，亦不收『戱』字。」按：明州本、毛鈔、錢鈔「戱」字作「戲」，注「桉」字作「按」。陳校、龐校、錢校同。

［六二］明州本、潭州本、金州本、毛鈔、錢鈔注「渣」字作「渣」。陸校同。

［六三］陳校：「注『髽』上補『始』字。」方校：「案：『髽』上奪『始』字，據《説文》、《類篇》補。」

［六四］方校：「案：『槎』譌从手，據《魯語》及注文正。」明州本、潭州本、金州本、毛鈔、錢鈔「搓」字正作「槎」。龐校、錢校同。姚校：「宋本作『槎』。」韓校同。」

［六五］明州本、潭州本、金州本、毛鈔、錢鈔「查」字作「查」，注同。韓校、陳校、陸校、龐校、黄校、莫校、錢校同。方校：「案：『查』當从宋本作『查』。」姚校：「宋本作『查』。」

［六六］潭州本注「隫」字誤「隤」。金州本右旁不清。明州本、毛鈔、錢鈔不誤。

［六七］明州本、潭州本、金州本、毛鈔、錢鈔「楂」字作「楂」。陳校同。

［六八］明州本、毛鈔、錢鈔注「褐」字作「裼」。韓校、龐校、黄校、錢校同。方校：「案：『裼』譌『褐』，據宋本及《類篇》正。」潭州本、金州本譌「褐」。

［六九］方校：「案：《説文》『詉』作『拏』，與《方言》十郭注合。《玉篇》『諸』下注同。《説文》『詉』下云：『諸詉，言不可解。』蓋『拏』、『詉』古通。」姚校：「韓校作『拏』。」余校同。」

［七〇］方校：「案：《廣雅》未見，王本亦失補。」

［七一］方校：「案：《廣雅・釋詁三》作『䜌辭』。」

［七二］明州本、錢鈔注「秭」字作「秭」。段校、龐校、黄校、莫校、錢校同。姚校：「宋本『秭』作『秭』。」韓校同。」按：潭州本、金州本作「秭」，與下文直加切「秅」字注合。

［七三］明州本、毛鈔、錢鈔注「濟」字作「齊」，「秺」字作「秺」。龐校、黄校、錢校同。余校、陸校「秺」作「秺」。姚校：「宋本『濟』作『齊』，『秺』作『秺』。」

［七四］明州本、錢鈔注「滜」字作「滜」。龐校、黄校同。姚校：「宋本『滜』作『滜』。」按：潭州本、金州本作「滜」。

［七五］明州本、錢鈔注「杖」字作「林」。黄校同。毛鈔白塗改「杖」。按：潭州本、金州本作「杖」。

［七六］方校：「案：《廣韻》『膼，腿也』。與此異義。」

［七七］姚校：「余校作『拏』。」

［七八］衛校：「『斤』作『斗』。」丁校：「『斗』誤『斤』。承《説文》、《廣韻》之誤。」方校：「案：『斤』當作『斗』。《儀禮・聘禮》『十六斗曰籔，十籔曰秉』。秉，十六斛。云二百四十斗者，經致饔米三十車，每車秉有五籔，合計之得二十四斛，爲二百四十斗，非謂秉數有此。且此説米之數，與禾無涉。段氏謂『二百四十斗謂秉』七字妄人所增。」

［七九］明州本、毛鈔、錢鈔注「葭」字作「葭」。韓校、陳校、龐校、黄校、錢校同。方校：「案：『葭』當从宋本作『葭』。」

［八〇］許云：「『稺』當作『稚』。」丁校據《漢書》作「稚」。

［八一］方校：「案：『女』當从《韻會》作『奴』。」

［八二］方校：「案：《廣韻》『絲䛐，語不解也』，字不作『䛐』。然《説文》、《玉篇》均無『䛐』字，《經籍纂詁》引《廣雅・釋詁三》云：『䛐，拏也。』今檢《廣雅》止作『䛐』，音丑加切。」

[八三] 方校：「案：《類篇》同。《廣韻》『茇』作『拏』。」

[八四] 明州本、毛鈔、錢鈔「絮」字作「絮」，注同。錢校同。段校：「『絮』，宋本作『絮』，疑非。」方校：「案：《類篇》同，宋本作『絮』，非。」姚校：「宋本『絮』作『絮』。韓校同。」

[八五] 方校：「案：《廣韻》『瓝』作『叚』。《類篇》無『叚』字。『爬』、『𤕤』二字入《爪部》，今據正。」按：明州本、潭州本、金州本、毛鈔、錢鈔「瓝」字作「𤕤」。注「爬」、「瓝」二字作「爬」、「𤕤」。龐校、黃校、姚校、錢校同。

[八六] 明州本、毛鈔、錢鈔注「作袽」作「从袽」。龐校、黃校、錢校同。方校：「案：宋本作『或从袽』，當據正。」姚校：「宋本作『从袽』。余校、韓校同。」

[八七] 方校：「汪氏云：『《公羊·僖元年》釋文：莒挐，一本作茹。』」按：明州本、潭州本、金州本、毛鈔、錢鈔注「挐」字作「拏」。黃校同。

[八八] 明州本、毛鈔、錢鈔注「又」字作「一」。韓校、龐校、黃校、姚校、錢校同。又明州本、潭州本、金州本、毛鈔、錢鈔注「王」字作「玉」。龐校、黃校同。方校：「案：《類篇》『又』作『一』，宋本『王』作『玉』，今據正。」

[八九] 方校：「案：『挪』譌从木，據《類篇》及本文正。」按：明州本、潭州本、金州本、毛鈔、錢鈔注「梛」字正作「挪」。陳校、龐校、黃校、錢校同。姚校：「宋本『梛』作『挪』。」

[九〇] 《史記·匈奴列傳》：「漢復使因杅將軍敖出西河，與彊弩都尉會涿涂山，毋所得。」索隱：「『涿』音卓。『涂』音以奢反。」據此「涿」當作「涿」。

[九一] 方校：「案：『讀』譌『説』，據《類篇》正。」

[九二] 明州本、毛鈔、錢鈔「遐」、「假」作「遐」、「假」。陳校、陸校、龐校、莫校、錢校同。某氏校：「嚴曰：『宋本从叚，下同。不盡改。』」韓校：「『叚』皆改从𠬶。」陳校：「『叚』並改『叚』。」方校：「案：『遐』譌『遐』，據宋本及《釋詁》正，宋本从『叚』者皆不誤。」姚校：「宋本『遐』作『遐』。韓校同。凡从『叚』之字曹本並作『叚』，宋本並作『叚』，从𠬶，宋本是。」

[九三] 明州本、潭州本、金州本、毛鈔、錢鈔注「遏」字作「遢」。陸校、龐校、錢校同。姚校：「宋本『遏』作『遢』。韓校同。」

[九四] 方校：「案：揚子《法言·寡見篇》『假言』，『假』同『遐』，又見《列子·黄帝篇》及《周穆王篇》注。『假』訓已，蓋本《爾雅·釋詁》。《曲禮》『天王登假』，鄭氏訓同。惟《釋詁》釋文『假』止音古雅反。」

[九五] 明州本、毛鈔、錢鈔注「傾」字作「傾」。陳校、龐校、黃校、錢校同。方校：「案：『傾』譌『傾』，據宋本及《玉篇》正。又《廣韻》、《類篇》『制』竝作『語』，當从之。」姚校：「宋本『傾』作『傾』。韓校同。」按：潭州本此字不清，金州本作「傾」。

[九六] 方校：「案：此及下文『𨍰』、『𨍰』、『緞』皆从『段』得聲。本書混收，蓋仍《廣韻》之譌也。《説文》亦有『𨍰』字，一乎加切，一痕加切。段本校删。」

[九七] 明州本、毛鈔、錢鈔注「蓁」字作「葉」。陸校、龐校、黃校、錢校同。方校：「案：『蓁』當从宋本及《釋艸》作『葉』。」姚校：「宋本『蓁』作『葉』。韓校同。」

[九八] 方校：「案：『夋』譌『癸』，『彑』譌『互』，據《説文》正。」按：明州本、毛鈔、錢鈔「癸」字正作「夋」。龐校、黃校、莫校、錢校同。姚校：「宋本『癸』作『夋』。韓校同。」

[九九] 方校：「案：『怨』譌『恕』，據《類篇》正。惟《類篇》『悛』作『怪』，亦誤。」按：明州本、毛鈔、錢鈔「悛」字作「悛」。龐校同。又明州本、毛鈔、錢鈔注「恕」字作「怨」。陳校、陸校、龐校、黃校、莫校、錢校同。姚校：「宋本『悛』作『悛』，『恕』作『怨』，是。」

[一〇〇] 方校：「案：《類篇》『谽』作『譗』，誤。」

[一〇一] 方校：「案：此係新坿字。」

[一〇二] 陳校：「『歐』作『吹』，同。又見《佳韻》作『吹』，義同。《博雅》『欸、歐、歔，息也』。」方校：「案：王本《廣雅·釋詁二》作『吹』，謂《説文》、《篇》、《韻》皆無『歐』字。」

[一〇三] 段校：「『膠加』即『恐忬』。」

[一〇四] 陳校：「『媢』字作『媚』。」方校：「案：『媚』譌『媢』，據《類篇》正。字書亦無『媢』字。」

［一〇五］明州本、金州本、毛鈔、錢鈔「㝐」、「家」作「㝐」、「豪」。龐校、黄校、錢校同。衛校、莫校「一」作「之」。丁校據《爾雅》「一」改「之」。方校：「案：《説文》『家』作『[篆]』。段氏謂此篆體蓋誤，當从古文『豖』作『[篆]』，《古文四聲韻》引作『[篆]』，似近是。注『之』譌『一』，據宋本及《釋宮》正。」姚校：「宋本『㝐』、『家』作『㝐』、『豪』，注『一』作『之』。韓校、余校『一』並作『之』。」

［一〇六］方校：「案：此係新坿字。」

［一〇七］明州本、金州本、毛鈔、錢鈔注「拂」字作「㳍」。黄校、錢校同。方校：「案：『㳍』譌『拂』，據宋本及《説文》正。『㳍』即擊禾連枷也。」姚校：「宋本『拂』作『㳍』。韓校、余校並同。」

［一〇八］明州本、毛鈔、錢鈔注「冷」字作「令」。陳校、陸校、龐校、黄校、錢校同。方校：「案：『令』譌『冷』，據宋本及《説文》正。」姚校：「宋本『冷』作『令』。韓校、余校並同。」

［一〇九］方校：「案：大徐本及《類篇》同。小徐本『芺』作『夫』。」

［一一〇］明州本、毛鈔、錢鈔「猳」字作「豭」。陳校、黄校、錢校同。姚校：「宋本作『豭』。」

［一一一］潭州本、金州本「豭」字作「貑」。明州本、錢鈔作「貑」，不誤。

［一一二］明州本、毛鈔、錢鈔注「杈」字作「杈」。陳校、龐校、黄校、錢校同。方校：「案：《方言》無此語。『杈』譌『杈』，據宋本及《類篇》正。」又毛鈔、潭州本、金州本「岐」作「歧」。韓校、錢校同。

［一一三］明州本、毛鈔、錢鈔注「岐」字作「跂」。韓校、陳校、陸校、龐校、黄校、錢校同。潭州本、金州本作「岐」。

［一一四］明州本、毛鈔、錢鈔注「刎」字作「刎」。錢校同。方校：「案：宋本及《類篇》『刎』作『刎』，但《廣雅。釋詁四》止訓到，不作『刎』，亦不作『刎』。」

［一一五］方校：「案：『䶪』大徐本作『[篆]』，小徐本作『[篆]』。『牡齒』之『牡』，《類篇》同，段氏依石刻、《九經字樣》作『壯』。」

［一一六］段校「九」改「八」。陸校、莫校同。

［一一七］方校：「案：『䴥』譌从禹，據《類篇》正。」按：明州本、錢鈔「䴥」字作「䴥」。黄校、錢校同。

［一一八］明州本、錢鈔注「輞」字作「輞」。黄校、錢校同。方校：「案：『車輞』之『輞』，大徐本作『輞』，小徐本作『輞』，《類篇》引作『輞』，段氏校本改作『网』。此从大徐而誤。」姚校：「宋本『輞』作『輞』。韓校同。」

［一一九］明州本、毛鈔、錢鈔注「技」字作「杈」。段校、陳校、陸校、龐校、莫校、錢校同。方校：「案：『杈』譌『技』，據宋本及《類篇》、《韻會》正。」姚校：「宋本『技』作『杈』，是。韓校同。」

［一二〇］段校：「此當彭衙地名。屬於左馮翊。之下爲一條，其大字作『衙』。」方校：「案：《漢書・地理志》左馮翊縣名止作『彭衙』，《廣韻》『衙』注與此同。此及《類篇》作『㴌』，音牙，未詳。」

［一二一］按：《類篇・犬部》同。參見去聲《禡韻》魚駕切。該字云：「犽，魚駕切，獸名。似貛長尾。」此「長」下疑脱「尾」字。

［一二二］《類篇・网部》同。按：《廣雅・釋器》：「罡，兔罟也。」王氏疏證於此字致誤之由論之甚詳。其言曰：「《説文》：『罡，兔罟也。』『罡』，曹憲音互。《玉篇》、《廣韻》竝同。各本『罡』譌作『罬』，音内『互』字又譌作『牙』。《集韻》、《類篇》：『罬，牛加切，兔罔也。』則宋時《廣雅》本已誤。考《説文》、《玉篇》、《廣韻》皆作『罡』，不作『罬』，今據以訂正。《玉篇・网部》末有『罬』字，音牙，兔罔也。乃宋人依誤本《廣雅》增入者，不可引以爲據。劉攽《中山詩話》云：『唐人書互爲𠄠，𠄠似牙字，因譌爲牙。』凡經史諸子中『互』字多譌作『牙』，从『互』之字亦然。顧氏《音學五書》辨之詳矣。」

［一二三］方校：「案：『䔍』譌『䓿』，據《説文》正。」

［一二四］明州本、潭州本、金州本、毛鈔、錢鈔「𩥠」字作「䮑」。龐校、黄校、姚校、錢校同。方校：「案：吴山夫《别雅》云：『《列子・周穆王篇》右服𩣡騮。注：𩣡，古驊字。』而《玉海》引作『䭾』，《筆叢》引作『䮑』。恐多譌文，未可盡據。」

［一二五］方校：「案：『枽』上不从艸。『鈣』當作『鈣』。『鋘』乃『鋘』字譌文，『鋘』見《吴越春秋》，《類篇》作『鋘』，亦誤。『𠂤』當从干从臼作『臿』。」

〔一二六〕方校：「案：『𧅮』譌『𧆎』，據《後漢書・張衡傳》注正。」按：明州本「𧆎」字正作「𧅮」。段校、陸校同。姚校：「宋本『𧆎』字作『𧅮』，是。」

〔一二七〕明州本、毛鈔、錢鈔注「㢟」字作「誕」。陳校、龐校、黄校、錢校同。方校：「案：『㧓』字《篇》、《韻》未見。『㢟』當从宋本及《類篇》作『誕』。」

〔一二八〕方校：「案：『惼』，段氏从古本及此定。今《説文》及《類篇》竝作『備』。」按：明州本、毛鈔、錢鈔注「惼」字作「備」。陳校、黄校、錢校同。姚校：「宋本『惼』作『備』。」余校同。」

〔一二九〕曹本注「奢」字，明州本、潭州本、金州本、毛鈔、錢鈔作「奓」。韓校、陳校、黄校、錢校同。方校：「案：『奓』上譌从木，據宋本及《説文》正。」按：顧氏重修本已改正。

〔一三〇〕明州本、毛鈔、錢鈔注「絶」下無「之」字。韓校、黄校同。方校：「案：宋本及《類篇》無『之』字，今據删。」按：下文姑華切「佡」字注亦無「之」字。

〔一三一〕陳校：「《禮韻》引《説文》：『葋也。』」方校：「案：大徐及《類篇》與此同。惟『瓜』訓勞病，見《玉篇》。當从小徐本及《篇》、《韻》所引改『葋』。」

〔一三二〕方校：「案：『文』字衍，據《後漢書・輿服志》注删。」

〔一三三〕方校：「案：《説文》『驫』作『驫』，葢『馬』字籀作『彫』，此省『彡』。」

〔一三四〕明州本、毛鈔、錢鈔注「嬴」字作「嬴」。衛校、陳校、陸校、龐校、黄校、錢校同。丁校據《説文》「嬴」改「嬴」。方校：「案：『嬴』中譌从女，據宋本及《説文》正。」姚校：「宋本『嬴』作『嬴』。余校、韓校並同。」

〔一三五〕明州本、毛鈔、錢鈔注「袤」字作「袲」。陳校、黄校、錢校同。方校：「案：『袲』中譌从矛，據宋本及《説文》正。」姚校：「宋本『袤』作『袲』。韓校同。許云：『宜作袲。』」

〔一三六〕方校：「案：《説文》『窪』作『漥』，《類篇》同，今正。」

〔一三七〕方校：「案：『攸』从化得聲，此譌『攸』，據《廣韻》正。」

〔一三八〕陳校：「當从『戹』。『戹』，吾禾切。又見上聲五果切，作『㛎』同。」

〔一三九〕明州本、毛鈔注「咩」字作「哶」。龐校、黄校、錢校同。方校：「案：『咩』譌『哶』，據宋本正。《類篇》从省作『咩』，亦通。」姚校：「宋本作『咩』。韓校同。」

〔一四〇〕按：據《廣韻・歌韻》、《玉篇・人部》、《類篇・人部》「儸㑩」作「㑩儸」，此誤倒。前《戈韻》良何切「儸」字注亦作「㑩儸」。

十陽

〔一〕某氏校：「凡『昜』偏旁者，皆當作『昜』，不能妄改也。」

〔二〕陳校：「《説文》云：籀文『陸』字。」方校：「案：『陸』係古文『陸』，力竹反，非『陽』字古文，温公曾斥其誤。」按：《類篇・𨸏部》「陸，臣光按：『《説文》陸，古文陸字。力竹反。疑《集韻》之誤。』」

〔三〕毛鈔「婬」字作「媱」。陳校：「《博雅》作『媱愓』。『媱』音遥。」方校：「案：盧校《方言》十云：『媱，曹音遥。舊本作婬，非。』《類篇》不誤。」按：潭州本、金州本字作「媱」，亦非。

〔四〕明州本、毛鈔、錢鈔注「鍚」字作「錫」。陸校、龐校、黄校、錢校同。方校：「案：注文『鍚』，許書作『錫』，與正文同。宋本及《類篇》均不誤。」姚校：「宋本『鍚』作『錫』。」韓校同。吕云：「『宜作錫。』」

〔五〕明州本、錢鈔注「瘫」字作「癕」。龐校、黄校同。按：潭州本、金州本作「癰」。

〔六〕汪云：「《説文》：『痒，瘍也。』非一字。」

〔七〕方校：「案：此即《家語》所謂商羊也，『鷸』譌从商，據《廣韻》、《類篇》正。」

〔八〕明州本、錢鈔注「鱺」字作「鮦」。龐校、黄校、錢校同。姚校：「宋本『鱺』作『鮦』。與《廣雅・釋魚》合。」

[九]　明州本、錢鈔注「簃」字作「箸」。陳校、龐校、黄校、錢校同。方校：「案：《廣雅・釋器下》『簃陽』作『猗陽』。」姚校：「宋本『簃』作『箸』。」按：金州本作「簃」，似爲壞字。

[一〇]　金州本、毛鈔注「鞋」字作「靻」。錢校同。明州本、潭州本、錢鈔作「靻」。方校：「案：《類篇》：『靻』，總古切，馬韁也。與此爲轉注。宋本从旦作『靻』，非。」姚校：「宋本『靻』如字。韓校作『靻』。」

[一一]　明州本、毛鈔、錢鈔注「燥」下有「也」字。韓校、陳校、龐校、黄校、錢校同。方校：「案：宋本及《類篇》『燥』下竝有『也』字，今據增。」姚校：「宋本有『也』字。」

[一二]　明州本、錢鈔注「字」字作「名」。黄校同。按：潭州本。金州本、毛鈔作「字」。

[一三]　方校：「案：卷一《西山經》『滂』止作『汸』，音芳。」

[一四]　方校：「案：此係新坿字。」

[一五]　明州本、毛鈔、錢鈔注「亾」字作「亾」。龐校、黄校、莫校、錢校同。

[一六]　余校：「注『妄』字當刪。」按：《此》見《禮記・儒行》。鄭玄以「妄常」連讀，文爲：「今衆人之命儒也妄常，以儒相詬病。」云：「妄之言無也，言今世名儒無有常人，遭人名爲儒而以儒靳，故相戲，此哀公輕儒之所由也。」孫希旦集解僅以「妄」字屬上句。云：「妄，無實也。言今衆人之命爲儒者，本未嘗有儒者之實，故爲人所輕，常以儒相詬病。」余从孫説刪「妄」字。

[一七]　明州本、金州本、毛鈔、錢鈔「塱」字作「塱」，注「塱」作「塱」。龐校、黄校、錢校同。方校：「案：『塱』譌『塱』，據宋本及《類篇》正。」姚校：「宋本『塱』作『塱』。」韓校同。」

[一八]　明州本、毛鈔、錢鈔注「梁」字作「梁」。

[一九]　許校：「『山』宜作『出』。依文義當作『出』，《説文》無此字。」

[二〇]　方校：「案：『盩厔』當作『盩厔』，《類篇》與此同誤。」

[二一]　方校：「案：『襄』譌『㐮』，『䙴』、『𡨧』譌『䙴』、『𡨧』。竝據大徐本正。小徐本『𡨧』作『𩍭』，亦誤。」按：明州本、錢

鈔「𡨧」字作「𩍭」。龐校、黄校、錢校同。姚校：「宋本『𡨧』作『𩍭』。」韓校作『𩍭』。」

[二二]　明州本、潭州本、金州本、毛鈔、錢鈔注「石」字作「右」。陳校、陸校、龐校、黄校、莫校、錢校同。方校：「案：『右』譌『石』，據宋本及《爾雅・釋畜》正。」姚校：「宋本『石』作『右』，是。韓校、余校並同。」

[二三]　衛校：「《易》無。」丁校：「《周易》無此句，王伯厚曰：疑出《易緯》及《易》傳。」某氏校：「汪云：『《周禮・方相氏》宋庠讀。』」方校：「案：《韻會》謂此《易緯》文。」

[二四]　明州本、毛鈔、錢鈔注「木」字作「米」。韓校、陳校、陸校、龐校、黄校、錢校同。方校：「案：『如米』譌『如木』，據宋本及《廣韻》正。『肙』下《廣韻》有『擣』字。」姚校：「宋本『木』作『米』，是。」

[二五]　方校：「案：『囊』譌从艸，據《廣韻》及《廣雅・釋訓》疏證正。」

[二六]　姚校：「宋本『咸』如字，余校作『成』。」

[二七]　明州本、潭州本、金州本、毛鈔、錢鈔注「末」字作「宋」。陳校、陸校、龐校、黄校、莫校、錢校同。方校：「案：『宋』譌『末』，據宋本正。」姚校：「宋本『末』作『宋』。」

[二八]　明州本、潭州本、金州本、毛鈔注「距」字作「歫」。韓校、陳校、陸校、龐校、黄校同。又「搶」字作「槍」。方校：「案：『歫』譌『距』。據宋本及《説文》正。『搶』當从宋本及本文作『槍』。《類篇》不誤。」姚校：「宋本『搶』作『槍』。許云：『搶宜作槍。』」又潭州本、金州本「盜」字作「盜」。

[二九]　明州本、錢鈔注「盌」字作「盌」。龐校同。

[三〇]　段校：「『鍚』宜作『鍚』。」陸校同。方校：「案：『鍚』譌『鍚』，據《説文》、《類篇》正。段校《説文》作『鍚』。」

[三一]　段校从弋。陳校、陸校、莫校同。方校：「案：『戕』『戙』譌从戈，《類篇》同，據《廣雅・釋室》及《玉篇》正。」姚校：「宋本『戕』、『戙』並从弋。」

[三二]　明州本、金州本、毛鈔、錢鈔「摯」字作「摯」。段校、陳校、陸校、龐校、黄校、錢校同。方校：「案：『摯』譌从手，據宋本及《説文》正。」姚校：「宋本『摯』作『摯』。」韓校同。」

〔三三〕明州本、金州本、錢鈔「殷」字作「股」。黄校同。

〔三四〕方校：「案：《左・成三年傳》『廧』作『廧』，據字當从《韻會》作『廧』。」

〔三五〕明州本、錢鈔「㳻」字作「㳻」，注同。錢校同。

〔三六〕方校：「案：二徐本『峻』作『㷻』，『㷻』即『峻』本字。」

〔三七〕明州本、毛鈔、錢鈔下六字作「𤕦」、「𤕦」、「𤕦」、「𤕦」、「𤕦」、「𤕦」。龐校、黄校、錢校同。姚校：「宋本下六字並篆體，作『𤕦』、『𤕦』、『𤕦』、『𤕦』、『𤕦』、『𤕦』。大徐本作『从』，韓校作『從』。」方校：「案：宋本『从』作『從』，與《繫傳》合。『𤕦』當作『𤕦』，見《㒳部》。」

〔三八〕明州本、錢鈔「上」字作「長」。龐校、黄校、錢校同。方校：「案：《説文》『年』上有『人』字，『上』作『長』，《類篇》及《儀禮・喪服傳》同。」姚校：「『年』上余校有『人』字，宋本無。『上殤』宋本作『長殤』。韓校、余校並同。」

〔三九〕方校：「案：《方言》六：『梁宋之間蚍蜉䵹鼠之場謂之坻，螾場謂之坥。』此『坻』下衍『場』字，當删。『䵹』與『犂』同。」按：明州本、錢鈔「坻」字作「坻」。段校、黄校同。姚校：「宋本『坻』作『坻』，是。」

〔四〇〕明州本注「浮壤」作「蜉壤」。姚校同。

〔四一〕方校：「案：『䍧』从羔，羊聲，此誤省作『䍧』，據《説文》正。」

〔四二〕陳校：「『鷞』，《廣韻》作『鷞』。」

〔四三〕明州本、潭州本、金州本、毛鈔、錢鈔注「蜉」字作「蚄」。衛校、陳校、龐校、黄校、錢校同。丁校據《爾雅》作「蚄」。

〔四四〕方校：「案：『蜉』譌『蜉』，據宋本及《釋蟲》正。」姚校：「宋本『蜉』作『蚄』。韓校、余校同。呂云：『《爾雅》作蚄，音劣。』」

〔四四〕方校：「案：『蝪』當从《類篇》作『蝪』。」按：潭州本、金州本正作「蝪」。

〔四五〕明州本、毛鈔、錢鈔「汲」字作「沙」。段校、陳校、龐校、黄校、錢校同。方校：「案：『沙』譌『汲』，《類篇》同。據宋本正。」姚校：「宋本作『沙』，是。韓校同。」

〔四六〕段校：「凡『昌』下从曰。」

〔四七〕明州本、錢鈔注「蚩」字作「出」。龐校、黄校、錢校同。方校：「案：『蚩』譌『蚩』，據《類篇》正。」按：毛鈔注「蚩」字正作「蚩」。姚校：「宋本『蚩』作『出』。影宋本作『蚩』，是。」

〔四八〕段校「玩」作「琓」。陳校、陸校同。方校：「案：《類篇》『玩』作『琓』。今考《玉篇》『琘』注與此同。『璑』，音莫昆切。『琓』，同上，又以蠢切，蠻夷充耳。則『玩』疑當作『琓』。」

〔四九〕方校：「案：《類篇》引同。《廣雅・釋訓》作『裮被』，當據正。」

〔五〇〕方校：「案：『鯸』譌从候，據《類篇》正。」按：明州本、潭州本、金州本、毛鈔注「鯸」字正作「鯸」。陳校、龐校、黄校、錢校同。姚校：「宋本『鯸』作『鯸』。」錢鈔作「鯸」，誤。

〔五一〕明州本、潭州本、金州本、毛鈔、錢鈔注「羸」字作「羸」。陳校、丁校、龐校、黄校、錢校同。方校：「案：『羸』譌『羸』，據宋本及《類篇》正。」姚校：「宋本『羸』作『羸』。韓校、余校同。許云：『宜作羸。』」

〔五二〕明州本、毛鈔、錢鈔「障」字作「暲」。陳校、黄校、錢校同。方校：「案：『暲』譌从自，據宋本及《類篇》正。《類篇》『皃』作『也』。」姚校：「宋本『障』作『暲』。韓校同。」

〔五三〕明州本、錢鈔注「曰」下「兄」字作「凡」，誤。潭州本、金州本、毛鈔作「兄」。

〔五四〕方校：「案：『禮』上《類篇》有『周』字，《説文》無。」按：此見《周禮・秋官・小行人》。此「周」字疑丁氏增。

〔五五〕方校：「案：《書・禹貢》『至于衡漳』。鄭注『要』作『𦥑』，乃『㽚』之譌文。許書『㽚』作『[illegible]』，即古『要』字。」

〔五六〕方校：「案：『味之』誤到，據二徐本乙。『嘗』當从《類篇》作『嘗』。」按：明州本、錢鈔作「嘗」。

〔五七〕衛校：「『也』作『尚』。」丁校據《漢官儀》作「尚」。方校：「案：『尚』譌『也』，據《類篇》正。」姚校：「呂云：『也宜作尚。若是也，則宜去書字。』」

〔五八〕潭州本、金州本、毛鈔注「梨」字作「棃」。韓校、錢校同。方校：「案：『棃』下譌从木，據宋本及《説文》正。」姚校：「宋本『梨』作『棃』。」

［五九］ 明州本、潭州本、金州本、毛鈔、錢鈔注「禜」字作「禜」。陸校、龐校、黄校、錢校同。姚校：「宋本『禜』作『禜』。韓校同。」

［六〇］ 明州本、潭州本、金州本、毛鈔、錢鈔注「髽」字作「髽」。黄校、錢校同。姚校：「宋本『髽』作『髽』，缺末筆，下同。韓校同。」

［六一］ 方校：「案：『髮』下奪『亂』字，據《類篇》補。」按：《玉篇》、《廣韻》均有「亂」字。

［六二］ 明州本、潭州本、金州本、錢鈔注「恇」字缺末筆。

［六三］ 姚校：「韓校『狅』作『怯』。余校同。」

［六四］ 段校：「『腸』字作『腸』。」陸校同。

［六五］ 方校：「案：『中』下《韻會》有『犀』字，《類篇》無。」

［六六］ 明州本、潭州本、金州本、毛鈔、錢鈔注「㐮」字作「褭」。段校，衛校、陳校、陸校、龐校、黄校、錢校同。丁校據《説文》作「褭」。方校：「案：『褭』譌『㐮』，據宋本及《説文》正。」姚校：「宋本『㐮』作『褭』。韓校、余校並同。」

［六七］ 方校：「案：『蘐』譌『蘐』，據《類篇》正。」

［六八］ 方校：「案：『𧍯』譌『𧍯』，據《説文》正。」姚校：「『𧍯』，宋本如字。余校作『𧍯』。」陳校同。

［六九］ 按：「右」上脱「後」字，據《爾雅・釋畜》、《説文・馬部》、《類篇・馬部》補。

［七〇］ 明州本、潭州本、金州本、毛鈔、錢鈔注「䮴」字作「䮴」。龐校、黄校同。

［七一］ 明州本、毛鈔、錢鈔注「爽」字作「爽」。龐校、黄校同。潭州本、金州本作「爽」。

［七二］ 姚校：「宋本『也』如字。余校作『色』。」

［七三］ 明州本、潭州本、金州本、毛鈔、錢鈔「办」字作「刄」。龐校、黄校、錢校同。潭州本注「刃」作「刄」。方校：「案：『刄』譌『办』，『刃』譌『刃』，據宋本及《説文》正。」

［七四］ 方校：案：《説文》『漿』作『𤖅』，《類篇》同，今據正。『庄』旁从夊，亦非。」按：明州本、潭州本、金州本、毛鈔、錢鈔「漿」字作「漿」。龐校、黄校、錢校同。姚校：「宋本『漿』作『漿』。」

［七五］ 毛鈔注「楊」字作「揚」。汪校、龐校同。又明州本、金州本、毛鈔、錢鈔注「川」字作「州」。汪校、衛校、韓校、陳校、龐校、黄校、莫校、錢校同。方校：「案：『州』譌『川』，據《類篇》正。宋本『楊』作『揚』。古『楊』、『揚』通用。」姚校：「宋本『川』作『州』。鈕云：『宜作州。』」

［七六］ 方校：「案：此及《類篇》从大徐本，段氏依小徐本『者』作『也』。」

［七七］ 明州本、金州本、錢鈔注上「霖」字作「霖」。龐校、黄校、錢校同。姚校：「宋本『霖霖』作『霖霖』。」

［七八］ 明州本、錢鈔注「中」字作「仲」。黄校同。

［七九］ 方校：「案：此亦讀連篆文之證。『值』譌从木，據《説文》正。」陸校、錢校「植」字作「值」。姚校：「宋本『植』作『值』。韓校、余校並同。段云：『宜爲值。』」

［八〇］ 明州本、潭州本、金州本、毛鈔、錢鈔「尢」字作「尣」。龐校、黄校、錢校同。方校：「案：《説文》『𡯂』作『[illegible]』。宋本『尢』作『尣』。『𡯁』疑『[illegible]』字之譌。」姚校：「宋本『尢』作『尣』。」

［八一］ 方校：「案：《方言》七『踉』下有『蹡』字。」丁校：「《方言》『東齊海岱北燕之郊跪謂之踉蹡』。注：『今江東人謂長跪曰踉蹡。』則知『踉』特『長』字之譌耳。『蹡』字不宜删去，此承《廣韻》之誤。」

［八二］ 明州本、錢鈔注「鶏」字作「雞」。龐校、黄校、錢校同。方校：「案：宋本及《類篇》『鶏』竝作『雞』。」姚校：「宋本『鶏』作『雞』。韓校同。」

［八三］ 方校：「案：『㠯』當作『[illegible]』。『目』、『㠯』、『㠯』三字俱本《説文》。『㠯』下亦从厶不从[illegible]。《類篇》作『㠯』、『目』、『㠯』，竝非。」按：明州本、毛鈔、錢鈔「㠯」、「[illegible]」作「[illegible]」、「[illegible]」。陳校、龐校、黄校、錢校同。姚校：「宋本『㠯』、『[illegible]』作『[illegible]』、『[illegible]』。」

［八四］ 方校：「案：『笑』譌『笑』，據《廣雅・釋器上》正。嚴氏所見宋本作『笑』，陳侍御所見宋本作『笑』，竝非。」丁校據《廣雅》作「笑」。按：明州本、毛鈔、錢鈔注「笑」字作「笑」。陸校、黄校、錢校同。姚校：「宋本『笑』作『笑』。韓校同。」

潭州本、金州本作「笑」。衛校、陳校同。

[八五] 方校：「案：『梁』譌『梁』，據《說文》正。」

[八六] 方校：「案：薄寒之『涼』亦从水。此於『涼』下別出『凉』字，《類篇》『凉』入《仌部》，竝非。」

[八七] 方校：「案：《說文》『颼』作『飆』。」

[八八] 陳校：「《廣韻》作『蒐』。《說文》去聲力讓切。」明州本、毛鈔、錢鈔「掠」字作「㨼」。黃校、錢校同。姚校：「宋本『掠』作『㨼』。」

[八九] 方校：「案：《爾雅》無此文，段氏謂『爾雅』二字淺人所增。」

[九〇] 明州本、潭州本、金州本、毛鈔、錢鈔注「斂」字作「斂」。

[九一] 明州本、潭州本、金州本、毛鈔、錢鈔「踉」字作「踉」，注同。

[九二] 方校：「案：『犬』譌『大』，『鬣』譌『驢』，據卷十二《海内北經》正。『吉騄』，《經》作『吉量』，注：『一作良。』『騄』字見《爾雅》、《玉篇》，竝訓馬尾白，音狼。豈丁氏等所見本不同耶？」

[九三] 方校：「案：『蜣』下當疊『蜣』字，據《釋蟲》補。」

[九四] 明州本、毛鈔、錢鈔「亮」字作「亮」。龐校、黃校、錢校同。姚校：「宋本作『亮』。」

[九五] 明州本、毛鈔、錢鈔「梁」字作「梁」。龐校、黃校、錢校同。方校：「案：『梁』譌从木，《類篇》同。據宋本正。」

[九六] 方校：「案：許書無『一曰穀气也』五字。其訓穀气者係新坿『蘚』字注，《類篇》『蘚』下不引《說文》爲是。」

[九七] 方校：「案：『馨』下奪『香』字，據《說文》、《類篇》補。」

[九八] 明州本、潭州本、金州本、毛鈔、錢鈔「鄉」字作「鄉」。龐校、錢校同。黃校：「从『鄉』者並同。」姚校：「宋本『鄉』作『鄉』。」

[九九] 方校：「案：上『从人』下奪『从羊』二字。『羙』下譌从火。『唯』譌『雄』。『羕』譌『羕』。竝據《說文》補正。」莫校：「呂校『也』下遺『从羊』二字。」按：明州本、潭州本、金州本、毛鈔、錢鈔「羙」字作「羙」。陳校、陸校、龐校、黃校、錢校同。姚校：「宋本『羙』作『羙』。」韓校同。呂云：『从人』下『南方』上宜有『羊』字。」又明州本、毛鈔、錢鈔「雄」字作「唯」。黃校、錢校同。姚校：「宋本作『唯』。」韓校同。」

[一〇〇] 陳校：「『國』字下《說文》引孔子曰：『道不行，欲之九夷，乘桴浮於海，有以也。』」

[一〇一] 方校：「案：『辭』譌『亂』。據《漢書・揚雄傳上》張晏注正。」

[一〇二] 明州本、毛鈔、錢鈔「薑」字作「薑」。龐校、黃校、錢校同。

[一〇三] 陸校：「『妨』作『殃』。」方校：「案：『殃』譌『妨』，據《類篇》正。」明州本、錢鈔注作「殃不」，左空白。龐校同。黃校：「宋本『妨』作『殃』，在『不』上，無『死』字，左空二字，疑有敚文。」姚校：「宋本右行注『殃不』二字，左行空二字，疑有誤。」

[一〇四] 明州本、潭州本、金州本、毛鈔、錢鈔注「紲」字作「紲」。黃校同。

[一〇五] 方校：「案：《類篇》作『蠶死皃』。」按：《廣韻》作「蠶白」，意亦可通。

[一〇六] 方校：「案：『蚧』譌从介，據《說文》正。」按：明州本、錢鈔注「蚧」字正作「蚧」。陳校、陸校、錢校同。姚校：「宋本『蚧』作『蚧』。段云：『宜作蚧。』」

[一〇七] 明州本、毛鈔、錢鈔注無「或」字。黃校同。龐校：「無『或』字，下空半格。」按：潭州本、金州本有「或」字，依本書通例，當有「或」字。

[一〇八] 陳校：「《廣韻》从英，又音英。」

[一〇九] 方校：「案：《類篇》『狢』作『貉』。『貉』、『狢』音義同。」

[一一〇] 方校：「案：《說文》補音與此合。《類篇》于方切，王紐十文竝同。」按：明州本、錢鈔注「雨」字作「于」，「徃」字作「往」，「者」字作「名」。龐校、黃校、錢校同。姚校：「宋本『雨』作『于』，『徃』作『往』，『者』作『名』。」

[一一一] 明州本、金州本、毛鈔、錢鈔注「蝝」字作「蝝」。龐校、錢校同。方校：「案：『蝝』譌『蝝』，據宋本及《類篇》正。《方言》十一止作『孫』。」姚校：「宋本『蝝』作『蝝』。」韓校、余校並同。」

［一一二］　明州本、毛鈔、錢鈔「彺」字作「往」。龐校、黃校、錢校同。姚校：「宋本作『往』，是。余校同。」

［一一三］　明州本、潭州本、金州本、毛鈔、錢鈔注「錫」字作「鍚」。陸校、龐校、黃校、錢校同。姚校：「宋本『錫』作『鍚』。」

［一一四］　方校：「案：宋本凡『匡』字皆作『匩』，蓋避廟諱也。此『匩』、『筐』譌『匡』、『筐』，據《說文》正。」按：明州本、毛鈔、錢鈔「匡」、「筐」、「匡」作「匩」、「筐」、「匩」。龐校：「並缺筆。」姚校：「宋本『匡』缺末筆作『匩』。段云：『凡匡宋皆缺筆作匩。』」

［一一五］　明州本、毛鈔、錢鈔注「飤」字作「飲」。段校、韓校、陳校、陸校、龐校、黃校、姚校、錢校同。方校：「案：注『飤』二徐本及段氏校本竝作『飯』，宋本及《類篇》作『飲』，非。」

［一一六］　明州本、錢鈔注「妄」字作「戾」。龐校、黃校、錢校同。姚校：「宋本『妄』作『戾』。」

［一一七］　明州本、潭州本、金州本、毛鈔、錢鈔「�」、「郋」俱缺筆作「郋」、「郋」。姚校同。

［一一八］　明州本、毛鈔、錢鈔注「隸」字作「隸」。龐校同。潭州本、金州本作「隸」。

［一一九］　明州本、潭州本、金州本、毛鈔、錢鈔「蚟」字缺筆。龐校、黃校、錢校同。姚校：「宋本『蚟』作『蚟』。」

［一二〇］　明州本、毛鈔、錢鈔注「大」字作「火」。龐校、黃校、姚校、錢校同。潭州本「蝦」字作「蝦」，非。

［一二一］　明州本、毛鈔、錢鈔「洭」、「洭」作「洭」、「洭」。姚校同。按：潭州本、金州本唯「洭」作「洭」。

［一二二］　明州本、毛鈔、錢鈔注「隸」字作「隸」，潭州本、金州本作「隸」。下「隸」字注同。

［一二三］　明州本、毛鈔、錢鈔「恇」、「恇」作「恇」、「恇」。姚校：「宋本『恇』、『恇』均缺筆。」

［一二四］　余校、陳校注「狂」作「怯」。方校：「案：二徐本及《類篇》『狂』竝作『怯』，段氏校本據此正。」

［一二五］　明州本、潭州本、金州本、毛鈔、錢鈔「劻」、「狂」並缺筆。姚校：「宋本『劻』、『狂』作『劻』、『狂』。」

［一二六］　明州本、潭州本、金州本、毛鈔、錢鈔「髼」字缺筆，注同。姚校：「宋本『髼』作『髼』。」

［一二七］　明州本、潭州本、金州本、毛鈔、錢鈔「茥」字作「茥」。姚校：「『茥』宋本作『茥』。」

［一二八］　明州本、潭州本、金州本、毛鈔、錢鈔「軭」字作「軭」。姚校同。

［一二九］　方校：「案：注『戾』譌『戾』，據《說文》正。後渠王切同。」按：明州本、錢鈔字正作「戾」。

［一三〇］　明州本、潭州本、金州本、毛鈔、錢鈔「眶」、「頣」並缺筆。姚校：「宋本作『眶』、『頣』。」

［一三一］　明州本、潭州本、金州本、毛鈔、錢鈔「框」字缺末筆。注同。姚校：「宋本『框』作『框』。」

［一三二］　明州本、潭州本、金州本、毛鈔、錢鈔注「緾」字作「緾」。

［一三三］　明州本、潭州本、金州本、毛鈔、錢鈔「閶」字作「閶」。姚校：「宋本作『閶』。」

［一三四］　明州本、潭州本、金州本、毛鈔、錢鈔「眶」字作「眶」。姚校：「宋本『眶』作『眶』。」

［一三五］　明州本、潭州本、金州本、毛鈔、錢鈔「跓」字作「跓」。姚校：「宋本『跓』作『跓』。」

［一三六］　明州本、錢鈔「恇」字作「恇」，注「恚」字作「恚」。龐校、黃校、錢校同。姚校：「宋本『恇』作『恇』，注『恚』作『恚』。」

［一三七］　姚校：「宋本『方』如字。余校作『紡』。」

［一三八］　明州本、潭州本、金州本、毛鈔、錢鈔注「戾」字作「戾」。

［一三九］　方校：「案：《說文》『㞷』从㞢，在土上。『㞢』，古文『之』字。此上从山，下从主，誤。重文『㞷』譌『呈』，據小徐本及《類篇》正。毛刻此字誤奞。」姚校：「余校：『生下有皃字。』許云：『㞷宜作㞷，呈宜作㞷。』」

［一四〇］　明州本、潭州本、金州本、毛鈔、錢鈔「框」字作「框」。

［一四一］　方校：「案：『柩』譌『柩』，據《類篇》正。」

十一唐

［一］　《方言》見第十三。「錫」字作「鍚」。當據改。

［二］　段校：「『搩』作『傑』。」陳校同。方校：「案：『傑』譌从手，『搪』譌从土，竝據《廣韻》正。」

〔三〕明州本、金州本、錢鈔注「豬」字作「豬」。龐校同。

〔四〕明州本、潭州本、金州本、毛鈔、錢鈔注「熱」字作「熱」。錢校同。姚校：「宋本『熱』作『熱』。」又明州本、錢鈔「灰」字作「灰」。

〔五〕方校：「案：《釋艸》釋文：『蓎』音唐，本今作『唐』。」

〔六〕方校：「案：『牡』譌『壯』。據《説文》正。」丁校同。按：明州本、金州本、毛鈔、錢鈔注「壯」字作「牡」。衛校、陳校、黄校、錢校同。姚校：「宋本『壯』作『牡』。余校同。鈕云：『宜作牡。』」

〔七〕方校：「案：此見《廣雅・釋言》及《釋器下》，王本作『樘』，謂《説文》、《篇》、《韻》皆無『撐』字。」

〔八〕余校「箪」字作「罩」。方校：「案：『箪』，《廣韻》作『罩』，《類篇》作『箪』，據《廣雅・釋器上》當作『箪』。」

〔九〕明州本、毛鈔、錢鈔注「眊」字作「毦」。陳校、陸校、龐校、黄校、錢校同。方校：「案：『毦』譌从目，據宋本及《廣雅・釋器下》正。」姚校：「宋本『眊』作『毦』。韓校同。」

〔一〇〕陳校：「从尃不从專。」方校：「案：『鱄』譌从專，據《類篇》正。《類篇・鼠部》無『鱄』字。『鱄』，伯各、白各二切。」

〔一一〕陳校：「『魠』當作『魠』，同。」按：不必改。

〔一二〕明州本、潭州本、金州本、毛鈔、錢鈔注「龍」字作「鼌」。陸校、龐校、黄校、錢校同。方校：「案：《類篇》同。宋本『龍』作『鼌』，當據正。」姚校：「宋本『龍』作『鼌』。韓校同。」

〔一三〕方校：「案：《釋宫》釋文：『隚』音唐，本今作『唐』。」

〔一四〕明州本、錢鈔注「祐」字作「祜」。龐校、黄校、錢校同。姚校：「宋本『祐』作『祜』。」

〔一五〕方校：「宋本在『膅』下『醣』上。」按：毛鈔、錢鈔、潭州本、金州本、明州本均與局同。

〔一六〕陳校：「《類篇》有『閸』，徒郎切，視也。失收。」

〔一七〕陳校：「『當』，《玉篇》作『常』。」方校：「案：『常』譌『當』，據《類篇》正。」

〔一八〕方校：「案：『鋃』譌『銀』，據《説文》正。」按：錢鈔注「銀」作「鋃」。

〔一九〕衛校作「題瓦」。丁校據《類篇》校作「題瓦」。方校：「案：『題瓦』譌『題題』，據《類篇》正。」姚校：「吕云：『次題宜作瓦。』」

〔二〇〕明州本、潭州本、金州本、毛鈔、錢鈔注「熱」字作「熱」。黄校同。

〔二一〕丁校：「『西山』二字《漢書・地理志》連下爲句，此衍。」方校：「案：《漢書・地理志》『河内郡蕩陰』注：『蕩水東至内黄澤，西山羑水所出，亦至内黄入蕩。』此失其讀。又正文二字《類篇》入《水部》作『蕩』、『潒』。」

〔二二〕方校：「案：『挨』譌『揬』，據《類篇》正。」

〔二三〕明州本、錢鈔注「趺」字作「呋」，黄校同。誤。按：潭州本、金州本、毛鈔字作「趺」。

〔二四〕明州本、毛鈔、錢鈔注「王」字作「玉」。黄校、龐校同。按：《爾雅・釋蟲》：「王蛈蝪。」潭州本、金州本作「王」，與《爾雅》合。

〔二五〕明州本、錢鈔注「官」字作「宫」。黄校同。按：潭州本、金州本、毛鈔作「官」，與《廣韻》合。

〔二六〕方校：「案：各本《廣雅・釋室》『康』音七粟反。王氏校本作『康』，音七賜反。」

〔二七〕明州本、錢鈔注「止」字作「上」。黄校同。誤。按：潭州本、金州本、毛鈔作「止」，與《方言》第一合。

〔二八〕方校：「案：《類篇》同。《韻會》『流』上有『水』字。」

〔二九〕方校：「案：『琅』譌『瓖』，據《説文》正。」

〔三〇〕明州本、潭州本、金州本、毛鈔、錢鈔注「鎖」字作「鎖」。黄校同。方校：「案：『鎖』係《金部》新坿字，當从大徐本作『瑣』。《類篇》與此同。」

〔三一〕明州本、毛鈔、錢鈔注「宏」字作「笑」。陳校、陸校、龐校、黄校、錢校同。姚校：「宋本『宏』作『笑』。韓校同。」方校：「案：『笑』譌『宏』，據《廣雅・釋器上》正。宋本作『笑』，亦誤。」

〔三二〕明州本、潭州本、金州本、毛鈔、錢鈔注「采」字作「采」。陸校、龐校、黄校、錢校同。方校：「案：『采』譌『采』，據宋本及《説文》正。」姚校：「宋本『采』作『采』，是。韓校同。余校作『莠』。」

[三三] 明州本、錢鈔注「董」字作「董」。錢校同。姚校：「宋本『董』作『董』。」又明州本、潭州本、金州本、毛鈔、錢鈔注「節」字作「莭」。衛校、黄校、錢校同。丁校據《説文》作「莭」。方校：「案：『莭』譌『節』，據宋本及《説文》正。」姚校：「宋本『節』作『莭』。」韓校、余校並同。」

[三四] 明州本、潭州本、金州本、毛鈔、錢鈔注「羹」作「羹」。錢校同。姚校：「宋本『羹』作『羹』。」余校同。」方校：「案：『羹』譌『羹』，『脽』譌『臛』，據宋本及《類篇》正。」

[三五] 方校：「案：『鳩』譌从丸，據《方言》八正。」按：明州本、毛鈔、錢鈔注「鳩」字正作「鳩」。陳校、陸校、錢校同。許校：「『鳩』宜作『鳩』。」姚校：「宋本『鳩』作『鳩』。」

[三六] 方校：「案：『蚚父』，二徐本及《類篇》同，段氏校改『斫父』。」

[三七] 明州本、毛鈔、錢鈔「鄭」字作「鄭」，注「羹」字作「羹」。黄校、錢校同。姚校：「宋本『鄭』作『鄭』，『羹』作『羹』。」

[三八] 余校「囊」字增一横。丁校據《説文》同。方校：「案：《説文》作『囊』。」

[三九] 明州本、毛鈔、錢鈔上「底」字作「底」。黄校同。

[四〇] 明州本注「雨」字作「兩」。黄校同。誤。潭州本、金州本、毛鈔、錢鈔俱作「雨」。《玉篇・雨部》「囊，露盛皃。亦作瀼」是也。

[四一] 方校：「案：大徐《説文》『牂』作『牂』，《類篇》同。此从小徐。『蘐』竝作『蘐』，今正。」

[四二] 明州本、錢鈔注「加」字作「如」。龐校、黄校、錢校同。按：《廣韻》：「醣，加杯上酒。」潭州本、金州本、毛鈔作「加」，與《廣韻》同。

[四三] 陳校：「『將』，當作『將』，从牛。」姚校：「余校『將』字作『將』。」

[四四] 方校：「案：《類篇》『著』作『箸』，當據正。」按：明州本、錢鈔注「著」字正作「箸」。龐校、黄校、錢校同。姚校：「宋本『著』作『箸』。」

[四五] 方校：「案：大徐本及《廣韻》、《類篇》無『物』字，此从小徐。段氏改『物』爲『㝑』。謂㝑者，溥也。形聲包會意。」

[四六] 明州本、錢鈔「鎊」字併注在「膀」下「榜」上。韓校、黄校、姚校同。毛鈔「鎊」字併注在「斛」下「膀」上。陸校同。某氏校：「吴氏所見宋本『鎊』在『榜』上。」方校：「案：嚴氏所見宋本『鎊』在『斛』下『膀』上。陳侍御所見宋本在『膀』下『榜』上。」

[四七] 明州本、潭州本、金州本、毛鈔、錢鈔「㡀」字作「㡀」。韓校同。方校：「案：『㡀』譌『㡀』，據宋本及《説文》正。《類篇》『㝑』作『㝑』，爲是。」

[四八] 明州本、錢鈔注「岐」字作「歧」。龐校、黄校、錢校同。姚校：「宋本『岐』作『歧』。」按：當从支。

[四九] 明州本、錢鈔注「瑭」字作「瑭」。龐校、黄校、錢校同。方校：「案：『瑭』譌『瑭』，據《類篇》正。《類篇・玉部》無『瑭』字。」姚校：「宋本『瑭』作『瑭』。」

[五〇] 明州本、潭州本、金州本、毛鈔、錢鈔注「玉」字作「王」。陳校、龐校、黄校、錢校同。方校：「汪氏云：《易》『匪其彭』，釋文：『干寶云：彭亨，驕滿皃。王肅云：壯也。』此誤合爲一，又譌『王』爲『玉』。」姚校：「宋本『玉』作『王』。余校同。鈕云：『宜作王。』」

[五一] 姚校：「吕云：『洋宜作眻。』」按：《莊子・秋水》：「望洋向若而歎。」釋文：「盳，莫剛反，又音望，本亦作望。洋，音羊。司馬、崔云：『盳洋，猶望羊，仰視貌。』」作「洋」亦可，不必改「眻」。

[五二] 方校：「案：《玉篇》、《類篇》同。二徐本作『亡』。宋本《説文》或作『亡』，或作『土』。段氏校本改『芒』。」姚校：「余校『土』作『亡』。吕云：『宜作邙。』」

[五三] 方校：「案：《類篇》『亡』作『芒』，今據正。」按：明州本、錢鈔「亡」字正作「芒」。龐校、黄校、錢校同。姚校：「宋本『亡』作『芒』。」

[五四] 方校：「案：《廣雅・釋詁一》『萠』作『崩』。重文『崩』譌『副』，據《類篇》正。」

[五五] 陳校：「『暑』，《類篇》作『旱』。」方校：「案：『旱』譌『暑』，據《類篇》及本書呼光、虎晃、呼浪三音校正。」按：明州本注「暑」字正作「旱」。錢校同。又明州本、毛鈔、錢鈔注「熱」字作「熱」。

［五六］方校：「案：『蕿』上从卝，不从艹，據《類篇》及《書·洛誥》文正。」

［五七］陳校：「『也』上補『言』字。」按：明州本、潭州本、金州本、毛鈔、錢鈔注「也」字作「言」。陸校、龐校、黄校、錢校同。方校：「案：『寐』下奪『言』字，據宋本及《類篇》增。」姚校：「宋本『也』作『言』。韓校同。」當從宋本改「也」作「言」。

［五八］姚校：「吕云：『洋本是咩，與上同誤。』」按：參見本韻蒲光切「眖」字校語。

［五九］毛鈔、錢鈔「[illegible]」字作「[illegible]」。黄校、錢校同。姚校：「宋本『[illegible]』作『[illegible]』。」明州本作「[illegible]」，乃壞字。

［六〇］明州本、毛鈔、錢鈔「枽」字作「桒」。黄校、錢校同。方校：「案：『枽』當从宋本及《廣韻》作『桒』。」姚校：「宋本作『桒』。韓校同。」

［六一］方校：「案：《説文》『器』作『噐』。」

［六二］明州本、潭州本、金州本、錢鈔注「亡」字並作「亾」。黄校同。

［六三］潭州本、金州本注「隸」字作「隷」。汪校同。明州本、毛鈔、錢鈔作「隸」。

［六四］明州本、金州本、毛鈔、錢鈔「倉」字作「倉」。龐校：「『倉』字、从『倉』者並同。」

［六五］明州本、潭州本、金州本、毛鈔、錢鈔「仺」字作「全」。龐校、黄校、錢校同。姚校：「宋本『仺』作『全』。韓校同。」方校：「案：『全』譌『仺』，據宋本及《説文》正。下文『蒼』、『滄』古體亦當作『峑』、『洤』、『滏』。此作『峇』、『浛』、『淦』，《類篇》作『峇』、『浛』、『淦』，竝誤。」

［六六］方校：「案：『搶』譌从木，據《類篇》正。」按：明州本、毛鈔、錢鈔「槍」字正作「搶」，注同。龐校、黄校、錢校同。姚校：「宋本『槍』作『搶』。韓校同。」

［六七］方校：「案：宋本及《類篇》同。今《説文》从土作『壄』，誤。」

［六八］姚校：「余校『賕』作『賄』。」

［六九］《博雅》見《釋宫》，王氏疏證：「《玉篇》：『牂牁，繫船大杙也。』字本作『牂柯』。『牂』者，杙長大牂牂然也。『柯』亦長大之名，猶木大枝謂之柯也。《魏志·常林傳》注引《魏略》云：『吴使朱然、諸葛瑾攻圍樊城，遣船兵於峴山東斫牂

柯材。』《漢書·地理志》『牂柯郡』，顔師古注云：『牂柯，繫船杙也。』引《華陽國志》云：『楚頃襄王遣莊蹻伐夜郎，軍至且蘭，椓船於岸而步戰。既滅夜郎，以且蘭有椓船牂柯處，乃改其名爲牂柯。』『牁』，曹憲音歌。各本『牁』作『𣢾』，蓋因音内『歌』字而誤。『𣢾』字又誤在『𦨿』字下。《集韻》、《類篇》竝引《廣雅》『𦨿、𣢾，杙也』。則所見已是誤本。案：《玉篇》、《廣韻》俱無『𣢾』字，又『𦩎』、『牁』二字之間不當闌入『𦨿』字，今訂正。」

［七〇］《説文》見《羊部》，「牝」字作「牡」。陳校：「『牝』，《説文》作『牡』。按：《爾雅》『羊：牡，羒。牝，牂』。當作『牝』。」按：明州本、錢鈔注「牝」字作「牂」。段校、龐校、黄校、錢校同。姚校：「宋本『牝』作『牂』。余校作『壯』。」按：《廣韻》作「牂」，誤。

［七一］明州本、錢鈔注「瘥」字作「痤」。龐校、黄校、錢校同。姚校：「宋本『瘥』作『痤』。」下慈郎切「葬」字注同。

［七二］方校：「案：此係新坿字。」

［七三］陳校：「《類篇》作『藏』。」方校：「案：『藏』譌从藏。下『岀』注同，據《類篇》正。」

［七四］方校：「案：注本《爾雅·釋獸》『貗子貆』郭注。《類篇》無『貗』字，非是。」

［七五］明州本、錢鈔注「鴟」字作「鵝」。陳校、龐校、黄校、錢校同。姚校：「宋本『鴟』作『鵝』。」按：《文選·郭景純〈江賦〉》：「蜦蟳鼅蝞，蟦鼃鼊鼈。」李注引《廣志》：「初寧縣多鼃鼊，形薄，頭喙似鵝指爪。」此鼊之頭喙似鵝指爪，非似鵝喙。「鴟」當从明州本、錢鈔作「鵝」，下補「指爪」二字。

［七六］明州本、潭州本、金州本、毛鈔、錢鈔注「个」字作「人」。與《説文》合。

［七七］《廣韻》「廥」字作「廥」。

［七八］明州本、毛鈔、錢鈔注「弘」字作「弘」。

［七九］方校：「案：《廣雅·釋訓》作『鞅囩』，『囩』即『囧』字。此與《類篇》作『囧』，誤。」姚校：「吕云：『《博雅》囧作囩，注音罔。』」

［八〇］明州本、潭州本、金州本、毛鈔、錢鈔「嫈」字作「嫈」。黄校、錢校同。方校：「案：『嫈』譌『嫈』，據宋本及《類篇》正。」

姚校：「宋本『嫈』作『嫈』。」

[八一] 明州本、毛鈔、錢鈔「映」字併注在「姎」下「央」上。方校、陸校、姚校、黄校同。

[八二] 丁校據《爾雅》作「宵」。方校：「案：『晝』譌『畫』，『宵』譌『霄』，據《釋木》及《類篇》正。」按：明州本、毛鈔、錢鈔注「霄」字作「宵」。衛校、黄校、錢同。姚校：「宋本『霄』作『宵』。」呂云：「《爾雅》作宵，此誤。」」

[八三] 方校：「案：《廣韻》『䀮』作『䐨』，《類篇》與此同。《肉部》亦不收『䐨』字。」

[八四] 明州本、毛鈔、錢鈔注「㫗㡛」作「㫗戾」。龐校、黄校、錢校「㫗」字作「很」。方校：「案：『㫗戾』譌『㫗㡛』，據宋本正。」姚校：「宋本『㫗』作『很』。韓校同。余校作『狼』。」

[八五] 明州本、毛鈔、錢鈔注「秡」字作「疾」。陳校、陸校、龐校、黄校同。方校：「案：『疾』譌『秡』，據宋本及《類篇》正。」姚校：「宋本『秡』作『疾』，是。韓校同。」

[八六] 方校：「案：『康』上譌从穴，據《説文》及本文正。」按：明州本、潭州本、金州本注「㝩」字正作「康」。陳校、黄校、錢校同。

[八七] 明州本、金州本、毛鈔、錢鈔注「宂」字作「穴」。龐校同。

[八八] 方校：「案：『映』譌『暎』，據《玉篇》、《類篇》正。《廣韻》作『眏』，亦誤。」按：明州本、錢鈔注「暎」字正作「映」。陳校、龐校、黄校、錢校同。姚校：「宋本『暎』作『映』。」

[八九] 明州本、金州本、毛鈔、錢鈔注「埕」字作「堽」。龐校同。方校：「案：《類篇》『脊』作『脅』，爲古。『埕』當从宋本作『堽』。」

[九〇] 方校：「案：二徐本『斷』作『斷』。《類篇》同。段氏校本作『斷』。」按：明州本、金州本、毛鈔、錢鈔注「斷」字作「斷」。陳校、龐校、黄校、錢校同。姚校：「宋本『斷』作『斷』。」韓校、余校並同。」

[九一] 方校：「案：『小陘』，《新唐書・地理志》、《太平寰宇記》引同。《山海經》五《中山經》作『少陘』。」又『如』上奪『實』字，『蒖』譌从竹，竝據原文增訂。」按：明州本、潭州本、金州本、錢鈔注「篔」字作「蒖」。陸校、龐校、黄校、錢校同。姚校：「宋本『篔』作『蒖』。」

[九二] 方校：「案：《廣雅・釋器上》『缾』作『瓶』，《類篇》同，今據正。」

[九三] 方校：「案：『𠨍』見《匕部》，从匕，音比。此作『卬』，誤。又此亦讀連篆文之一證。《類篇》『望欲』作『欲望』，非是。」

[九四] 方校：「案：《類篇》同。《廣韻》『馬』上有『繫』字。」

[九五] 方校：「案：《説文》『云』作『生』。段氏據此及《類篇》正。益州云者，言益州謂昌蒲爲茚也。」

[九六] 陳校：「『魠』字作『魧』，音豚。『骨』當作『膏』。」按：本韻居郎切「魧」字訓魚膏，陳校是。

[九七] 方校：「案：『瓬』譌『瓨』，據《廣雅・釋器上》正。」

[九八] 陳校：「《類篇》作『甗』爲正。」方校：「案：『甗』譌『甗』，據《廣雅・釋器下》曹憲音釋及《類篇》正。」按：明州本、潭州本、金州本、毛鈔、錢鈔「甗」字正作「甗」。段校、陸校、龐校、黄校、錢校同。姚校：「宋本『甗』作『甗』，是。」

[九九] 明州本、毛鈔「浬」字作「浬」。龐校、錢校同。姚校：「宋本作『浬』。」某氏校：「上从『屮』，下从『土』。此作『山』下『主』，非是。以《説文》校改。下『嵳』字放此。」

[一〇〇] 陳校：「『尣』俗作『九』。」又：「『㞜』同『尪』，尪，弱也。」

[一〇一] 方校：「案：『秔』當从《類篇》作『秔』。」

[一〇二] 方校：「案：王本《廣雅・釋器上》以『幭』、『帊』、『襎』、『裷』、『帟』五字爲幞，『帷』、『幔』、『幬』、『幕』、『帟』五字爲帳，緣俗本『幞』下奪去『也』字，遂竝以爲帳名。今觀此書，則其誤已久矣。」按：王念孫《廣雅疏證》：「各本『幞』下脱『也』字，遂與下條相連，《集韻》、《類篇》『幭』、『帊』、『襎』、『帟』四字注竝引《廣雅》帳也，則宋時《廣雅》本已脱『也』字。《衆經音義》卷十八、二十一竝引《廣雅》『帊，幞也』。今訂正。」

[一〇三] 明州本、毛鈔、錢鈔注「洽」字作「治」。衛校、陳校、龐校、黄校、錢校同。丁校據《説文》「洽」作「治」。又明州本、潭州本、金州本、毛鈔、錢鈔注「隔」字作「隔」。黄校同。方校：「案：『治』譌『洽』，『隔』作『隔』，據宋本及《説文》正。」姚校：「宋本『洽』作『治』，『隔』作『隔』。」韓校『洽』亦作『治』。」

［一〇四］ 方校：「案：《廣雅·釋詁二》『宊』作『宂』。『居』作『尻』，『尻』古『居』字，『居』古『踞』字。」

［一〇五］ 陳校：「『軥』从可。」按：明州本、潭州本、金州本、毛鈔、錢鈔注「軥」字作「軥」。陸校、龐校、黄校、錢校同。方校：「案：『軥』譌从句，據宋本及《廣雅·釋親》正。」姚校：「宋本『軥』作『軥』。」韓校同。」

［一〇六］ 明州本、毛鈔、錢鈔注「瓠」字作「瓠」。韓校、龐校、黄校、姚校、錢校同。方校：「案：《類篇》同。宋本『瓠』作『瓠』，非。」

［一〇七］ 明州本、潭州本、金州本、毛鈔、錢鈔注「鍪」字作「鍪」。

［一〇八］ 方校：「案：『芡』、『發』譌『芡』、『發』，據《説文》及《類篇》正。」

［一〇九］ 明州本、金州本、錢鈔注「光」字作「洸」。黄校、錢校同。姚校：「宋本『光』作『洸』。」

［一一〇］ 方校：「案：《類篇》『也』作『下』，當據正。」

［一一一］ 明州本、金州本、錢鈔注「榔」字作「桹」。黄校同。

［一一二］ 明州本、毛鈔、錢鈔注「自」字作「阜」。龐校、黄校同。

［一一三］ 方校：「案：《爾雅·釋畜》釋文：『廣或作驤，同。』注『閬』譌『闢』，今正。」按：明州本、潭州本、金州本、毛鈔、錢鈔注「闢」字正作「閬」。段校、衛校、韓校、陸校、龐校、黄校、錢校同。丁校據《説文》作「閬」。姚校：「宋本『闢』作『閬』。」

［一一四］ 明州本、毛鈔、錢鈔注「色」下有「也」字。段校、陸校、龐校、黄校、錢校同。姚校：「宋本『色』下有『也』字。韓校同。」方校：「案：『色』下奪『也』字。『叒』譌『叒』，據宋本及《説文》補正。」

［一一五］ 明州本、錢鈔「疸」字作「疸」。黄校同。姚校：「宋本『疸』作『疸』。」按：潭州本、金州本、毛鈔作「疸」。

［一一六］ 方校：「案：『皇』當作『皇』，注義亦可證。」

［一一七］ 方校：「案：此係新坿字。『人』大徐作『彳』。據此則重文當作『徨』，但本書下文出『徨』字，姑仍其舊。」

［一一八］ 明州本、毛鈔、錢鈔注「文」下「鍠」字作「鐘」。陳校、龐校、黄校、錢校同。方校：「案：『鐘聲』譌『鍠聲』，據宋本及

《説文》正。」姚校：「宋本『文』下『鍠』字作『鐘』。韓校、余校並同。」

［一一九］ 毛鈔「鞹」字作「鞹」。姚校：「韓校作『鞹』。」方校：「案：注『煌』下小徐本疊『煌』字，大徐本及《類篇》不疊。此亦讀連篆文之一證。重文『鞹』《類篇》入《薵部》，宋本从革作『鞹』，誤。」

［一二〇］ 方校：「案：《説文》『雖』从生，不从生，汲古本誤，段氏據小徐本正。今本《爾雅·釋言》『雖』作『皇』，亦非。」

［一二一］ 方校：「案：『生』當作『生』。重文『生』見《繫傳》，毛本奪，段氏據補。」按：明州本、毛鈔、錢鈔「生」字作「生」。錢校同。姚校：「宋本作『生』。」韓校同。」

［一二二］ 方校：「案：大徐本『也』作『池』，小徐本及《廣韻》『也』上有『池』字，《類篇》與此同。」

［一二三］ 方校：「案：《釋鳥》作『皇』。釋文：『本亦作凰。』」

［一二四］ 方校：「案：《廣雅·釋詁》止作『黄』。」

［一二五］ 陳校：「腄，《類篇》作『腫』。《玉篇》：肥皃。」按：明州本、潭州本、金州本、毛鈔、錢鈔注「腄」字作「腫」。段校、陸校、龐校、黄校、錢校同。方校：「案：『腫』譌『腄』，據宋本及《類篇》正。」姚校：「宋本『腄』作『腫』，是。韓校同。」

［一二六］ 明州本、潭州本、金州本、毛鈔、錢鈔「鷇」字作「鷇」。黄校、錢校同。姚校：「宋本作『鷇』。」

［一二七］ 陳校：「『黐』，《類篇》作『麴』。」方校：「案：『麴塵』譌『黐塵』，據《類篇》正。」

［一二八］ 方校：「汪氏云：『引《爾雅》似當从手，蓋丁氏所據本異也。《類篇》作擴，可證。傳，《類篇》亦誤傳。』珪案：《釋艸》音義『傳』音付，『横』如字，不載異文。是丁氏等所據究爲譌本。『縷艸』郭注作『結縷』。」按：明州本、毛鈔、錢鈔注「傳」字作「傅」。陳校、龐校、黄校、錢校同。又「横」字作「擴」。黄校、錢校同。姚校：「宋本『傳』作『傅』，『横』作『擴』。韓校『傳』作『傅』。許云：『傳宜作傅。』吕云：『横宜作擴，今《爾雅》作横，从木。』」

［一二九］ 明州本、錢鈔注「始」字作「治」。龐校、黄校同。按：《南史·謝靈運傳》：「又求始寧休崲湖爲田。」「始」字是。潭州本、金州本、毛鈔作「始」。

［一三〇］ 明州本、金州本、毛鈔、錢鈔「忹」字作「徃」。黄校、錢校同。方校：「案：『忹』當从宋本及《類篇》作『徃』。注『征』

譌『征』，《類篇》同。據《方言》十正。」姚校：「宋本作『徰』。韓校同。」

［一三一］明州本、毛鈔、錢鈔注「瘍」字作「瘍」。陸校、龐校、黄校、錢校同。方校：「案：『瘍』譌『瘍』，據宋本及《類篇》、《韻會》正。」姚校：「宋本『瘍』作『瘍』。韓校同。」